ひだまりで彼女はたまに笑う。
[著]高橋徹
[画]椎名くろ

「こ、こっち来ちゃ、だめにゃー」
涼原《すずはら》 楓《かえで》

（……んん？　何をしてるんだ？）
佐久間伊織《さくまいおり》

「あばたもえくぼ、ってやつだね」
鹿《かの》岡《おか》美《み》鈴《すず》
小《お》野《の》寺《でら》湊《みなと》

「おい湊、うるさいぞ」
「パパラッチがにやけてる……」

「楓は可愛いな～、うりうり～」

「もう、美鈴ってば……」
美鈴の笑えみは人懐っこい小動物を思わせる。
対して楓は、寒さの厳しい冬を乗り越え、
雪の解けた野原にぴょこりと咲いた小さな花のようだった。
綺麗だった。
背景の教室が一気に遠くなる。
楓と美鈴しか見えなくなる。
やがて楓しか見えなくなる。
視界が、思考が、根こそぎ彼女に……楓に集中した。

CONTENTS

デザイン●木村デザイン・ラボ

ひだまりで彼女はたまに笑う。

[著] 高橋 徹
[画] 椎名くろ

CHARACTERS

佐久間伊織《さくまいおり》
人懐っこい性格で、クラスでは
お調子者のポジション。
人の笑顔を見るのが好き。

涼原《すずはら》 楓《かえで》
表情が乏しい銀髪碧眼の少女。
ネコと仲良くなりたい。

鹿岡美鈴《かのおかみすず》
楓の親友。
笑うと口がωとなる。

小野寺湊《おのでらみなと》
伊織の友人。ゆるめの毒をはく。

佐久間《さくま》ひより
伊織の妹、中学3年生。
兄と猫への愛が深い。

コタロー
伊織の家で飼われている
マンチカン。
佐久間家のアイドル。

プロローグ

春の陽射《ひざ》しがやわらかな、高校生活初日の朝。
佐久間伊織《さくまいおり》はいい天気だからと早起きをして、通学路の遊歩道をのんびり歩いていた。
(気持ちよすぎる)
肌《はだ》を撫《な》でる風は温かいし、木々のさざめきは思わず目を細めてしまうほど。
この場所はイヤホンを着けないほうがいいな……などと考えていると、ふと。
(あれは……ん？　何をしてるんだ？)
公園と遊歩道の境にある桜の木。
それを挟《はさ》んで、ひとりの女の子と猫《ねこ》が相対していた。
「にゃー」
片や人懐《ひとなつ》こそうな茶トラ猫《ねこ》。愛くるしさの塊《かたまり》だ。
「だ、だめ……こっち来ないで……」
そして片や……。
毛先があごの辺りまで伸《の》びた、陽光を浴びた雪原のような銀髪《ぎんぱつ》。
対《つい》の宝石を思わせる碧眼《へきがん》。
血の筋が透《す》けて見えるほど白く、どこか寒々しい大地を連想させる肌《はだ》。

（マジか……）

まるで、さっきまで絵画の中にいましたとでも言うような女の子。美しい、という誉《ほ》め言葉《ことば》が生まれて初めて頭に浮《う》かんだ。

「にゃー、にゃー」

茶トラ猫《ねこ》がとてとてと桜の木を回り、彼女の下へ向かおうとする。彼女はその分だけ歩いて遠ざかる。伊織《いおり》が見ている前でくるくる、くるくる。ひとりと一匹は互《たが》いの距離《きより》をそのままに桜の木を二周した。バターになりそう。

「うぅ……君はこっちに来ちゃだめ……」

嘘《うそ》みたいに綺麗《きれい》な女の子は、くにゃりと眉《まゆ》を曲げながらも猫《ねこ》に優《やさ》しく呼びかけている。

「にゃ？」

茶トラ猫《ねこ》が立ち上がってにょいんと身体を伸《の》ばし、愛嬌《あいきよう》満点に桜の木をかりかりと引っかく。抱《だ》きしめてわしゃわしゃと撫《な》でたいくらい愛くるしい。しかし女の子はその光景を見て、何やら目をぐるぐるさせている。

（あ、桜が……）

淡《あわ》い色合いの花びらがふわりふわりと舞《ま》い落《お》ちて、癒《いや》しを凝縮《ぎようしゆく》したような光景をやわらかく彩《いろど》る。彼女の白い肌《はだ》と桜の花の対比に目を奪《うば》われた。

（これは……助けたほうがいいのかな）

事情はわからないが、彼女は猫《ねこ》を避《さ》けている。たった今通りかかったフリをして助けようか……などと考えていると。

「うぅ……ほ、ほんとだめなの……。こ、こっち来ちゃ、だめにゃー」

(え)

やたらめったら可愛《かわい》らしい語尾《ごび》に動揺《どうよう》してしまい、足元の葉っぱがかさりと音を立てた。女の子と茶トラ猫《ねこ》が同時に伊織《いおり》のほうを向き、彼女が目を見開く。

気まずい。

心臓がきゅっと締《し》まる。

生きてきた年数などたかが知れているけれど、今この瞬間《しゅんかん》が人生で一番気まずいと自信を持って言える。

(うーん、ほんとどうしよう)

猫《ねこ》は人懐《ひとなつ》こそうな目でじーっと見つめてくるが、女の子は警戒心《けいかいしん》を限界レベルまで引き上げた顔で見ている。俺は巷《ちまた》で話題の変質者だったっけ？　と真面目に考えてしまうほどに。

「あ、いた！　もー！」

三者(?)が動けぬまま固まっていると、膠着《こうちゃく》状態を打ち破る元気な声が聞こえた。

お団子頭の女の子が銀髪《ぎんぱつ》の少女のもとに駆《か》け寄《よ》る。

「もー、どこをどう進んだらこっちまで来ちゃうの……って、どうしたの？」

銀髪《ぎんぱつ》の少女は、唇《くちびる》を引き結んでお団子頭の女の子の服の袖《そで》をつまみ、今にも泣きそうなのをこらえるようにぷるぷるしている。

「みす……あっち……」

銀髪《ぎんぱつ》の少女がぽしょりと消え入りそうな声でつぶやき、視線を伊織《いおり》のほうに向ける。お団子頭の少女はちらりと伊織《いおり》のほうを見て、なるほどねと困ったように笑った。

「ごめんなさい、この子ってちょっと、というかかなり……って、ちょ、どうしたの急に⁉」

銀髪《ぎんぱつ》の少女がとんでもなく機敏《きびん》な早歩きで去っていく。お団子頭の女の子が「待ってってばー！」と言いながら駆《か》け出《だ》し、伊織《いおり》に両手を合わせて苦笑いを浮《う》かべた。それから高速で離《はな》れていく銀髪《ぎんぱつ》の少女の背に向けて、

「ちょっと！　そっちじゃない！　学校は右だからー！」

「…………」

曲がり角を曲がっていちど消えた銀髪《ぎんぱつ》少女がふたたび現れ、逆方向に消える。お団子頭の女の子も慌《あわ》ててついていった。

「……なんだったんだ……」

平凡《へいぼん》な中学生活からは想像もつかない、あまりにも濃《こ》い時間。高校ってすごい……と思ったが、今の体験は特殊《とくしゅ》すぎるだろうし、そもそもまだ高校についてさえいない。

「にゃー？」

いつの間にか足元にいた茶トラ猫《ねこ》が、かまってーと言わんばかりに脚《あし》にすりついてくる。

「……ああもう、可愛《かわい》いなぁ」

状況《じょうきょう》を整理したいと思いつつも、猫《ねこ》の可愛《かわい》さに惑《まど》わされているところでふと気付く。

「……そういえば、あの制服ってたしか……」

——ふたりの少女が着ていたのは、自分と同じ高校の制服では？

×　×　×

入学式は講堂で行なわれるとのことだった。ひとつひとつの椅子《いす》にしっかり背もたれのある、なんとも厳《いか》めしい空間。入学式や卒業式、加えて講演会などもここで行なわれるらしい。

（席は……適当でいいのか）

クラスごとにざっくりとした位置は決められているが、あとは先に来た人から奥に詰《つ》めて座ればいいとのことだった。席につくと、周りには同じ中学だった友人が何人かいる。初対面のクラスメイトに会釈《えしゃく》をしつつ、同じ中学の友人と談笑《だんしょう》していると——不意に、講堂の入口でどよめきが起こった。

「ん？　どうしたん……だ……」

伊織《いおり》のつぶやきが途切《とぎ》れる。

どよめきの中心にいたのは、先ほど通学路で出くわした銀髪《ぎんぱつ》の少女とお団子頭の女の子だった。銀髪《ぎんぱつ》少女が辺りをきょろきょろと見回し、お団子頭の女の子が少女の背をぽんぽんと叩《たた》いて席を指差す。何気ないやりとりにも関わらず、伊織《いおり》を含《ふく》め周りの視線を余すことなく惹《ひ》きつけている。

（同じクラスなのか……！）

ふたりが座ったのは伊織《いおり》と同じクラスのエリアだった。内心激しく動揺《どうよう》するも、なんとか平静を装《よそお》う。

「すげぇ可愛《かわい》い子だな……佐久間《さくま》？　佐久間《さくま》？　どうした？」

「え、ああ、なんでもない。で、なんだっけ、自動運転の未来についてだっけ？」

「お前がぼーっとしてることだけはわかった」

同じ中学の友人に冷静にツッコまれた。

×　　×　　×

入学式を終えて教室に入る。窓からは通学路である公園の遊歩道と、咲《さ》き乱《みだ》れる桜の木が見えた。ときおり、ひらりと舞《ま》う桜の花びらが窓を横切る。

黒板を見ると、すべての席に名前が書かれている。

『席はあらかじめくじで決めたので、先に座っといてください』

どうやら担任の先生があらかじめ準備してくれたらしい。書き文字でくだけた口調を見るとちょっとコミカルだなーと思いながら、窓際《まどぎわ》後方の席につく。

「あ、伊織《いおり》～。また同じクラスになったね」

「まさかだな」

前の席に座っていた、小学校からの友人――小野寺湊《おのでらみなと》がくるりと振《ふ》り返《かえ》り、人好きのする笑《え》みを浮《う》かべた。伊織《いおり》とはまるで性格がちがうのだが、それが妙《みょう》に性《しょう》に合う。気が付けば一番よく話す友人になっていた。

「春眠暁《しゅんみんあかつき》を覚えず、っていうもんな」

「いつも眠《ねむ》そうな顔を春先にあらためてイジるのって、もはや伊織《いおり》くらいしかいないんだよね」

「定期的に言わないと湊《みなと》のキャラが薄《うす》れるだろ？」

「僕のキャラって細目だけなの……？」

他愛もない話をしながら周りを見回す。中学までの友人が四分の一……といったところだろうか。伊織《いおり》と湊《みなと》が卒業した中学はすぐ近くにあるので、無難といえるだろう。

「………」

まだ空いている席は数人分しかない。伊織《いおり》は徐々《じょじょ》にそわそわして、湊《みなと》との会話もそぞろになり、しきりに辺りに視線を向ける。

「伊織《いおり》、誰《だれ》か探してるの？」

「え、あ、いや？　別にそんなことは」

「不審者《ふしんしゃ》にしか見えないからやめたほうがいいよ〜」

「うぐ……そ、そうだな……」

「暖かくなると変な人が増えるっていうからね〜」

「お返しの切れ味が鋭《するど》すぎるんだけど……」

湊《みなと》はほわほわとした空気感だが、伊織《いおり》へのダメ出しはなかなか容赦《ようしゃ》がない。けれど伊織《いおり》は湊《みなと》のそんな空気感が気に入っていた。

「どう見ても誰《だれ》か探してるよね？　入学式で可愛《かわい》い子でも見つけたの？」

「うえぃあうぉ？」

「酔《よ》いそうな声出さないで〜」

「すまん」

動揺《どうよう》しすぎてしまった。二つ隣《となり》の席の女子がぷふっと噴《ふ》き出《だ》し、顔をそむけながら両手を合わせて「ごめん」と謝ってくる。急激に顔が熱くなった。

「いや、ほんと別に、誰《だれ》も探してなんて……」

教室の入口で、銀の髪《かみ》がふわりと舞《ま》った。

「この教室で合ってる……?」

「合ってる合ってる。席は……っと。おー、すっごい近いじゃん!」

通学路と講堂で見た仲の良さそうな少女ふたりが、黒板に書かれた席を見てはしゃいでいる(といってもはしゃいでいるのはお団子頭の女の子だけだが)。すでに座っているクラスメイトたちは教壇《きょうだん》での会話を……というよりも、銀髪《ぎんぱつ》の少女にただただ見惚《みと》れている。

(あれ? そういえば……あの人の名前って書いてあったか?)

ふと疑問に思う。銀髪《ぎんぱつ》の少女の顔立ちには寒々とした大地の面影《おもかげ》が見える。ターニャとかエレオノーラとかそんな感じの名前なのかと思ったが、黒板には漢字しか書かれていない。

ふたりの少女はくるりと振《ふ》り返《かえ》り、伊織《いおり》のほうへ近づいてきたかと思うと――銀髪《ぎんぱつ》の少女が伊織《いおり》の隣《となり》に、そしてお団子頭の女の子がその前、湊《みなと》の隣《となり》に座った。

(マ、ジ、デ、ス、カ)

心の声が片言になった。銀髪《ぎんぱつ》の少女はこちらに一瞥《いちべつ》もくれず、まるで前を向くことしか許されていないかのように、お団子頭の女の子と話している。

「えっと……仲、いいんだな」

試《ため》しに、しどろもどろになりながらもふたりに話しかける。湊《みなと》が口を縦長に開けて「おー、やるじゃん」と言わんばかりの顔をした。ちょっと腹が立つ。

答えたのは案の定、お団子頭の女の子だった。

「うん。小学校のときはよく遊んでて、中学は別になってもちょこちょこ遊んでたの。ねー？」

「……うん」

お団子頭の女の子が両手を伸《の》ばす。銀髪《ぎんぱつ》の少女がそろりと手を伸《の》ばしてつなぎ、きゃっきゃっとはしゃぐ。背景で花が咲《さ》き乱《みだ》れていそうな光景だ。

「俺、佐久間伊織《さくまいおり》。よろしく」

「わたしは鹿岡美鈴《かのおかみすず》だよー。よろしくね！」

お団子頭の美鈴《みすず》が可愛《かわい》らしい敬礼をする。

「僕もまざっていい？　小野寺湊《おのでらみなと》で〜す、よろしくね」

場の空気がほぐれたところで、湊《みなと》がごく自然に加わった。

「あ、うん。よろし……く〜」

美鈴《みすず》が湊《みなと》と目を合わせると、言葉が一瞬《いっしゅん》途切《とぎ》れた。すぐにいつもの調子に戻《もど》ったが、それでも湊《みなと》と美鈴《みすず》はちらちらと互《たが》いを見ている。

「ええっと、あとは……」

伊織《いおり》がそろりともうひとりの少女を見つめる。彼女は伊織《いおり》の視線をあっさり受け流すと、美《み》鈴《すず》に何やら耳打ちをした。

美鈴《みすず》が苦笑《くしょう》しながら口を開く。

「んーとね、今聞いたことをそのまま言うんだけど……」

口元に握《にぎ》り拳《こぶし》を当てて「こほん」と小さな咳払《せきばら》いをすると、

『涼原楓《すずはらかえで》です。よろしく、覗《のぞ》き魔《ま》』

「ちょっと待ってちょっと待って」

今朝のことを言ってるんだろうけれども、人聞きが悪いなんてもんじゃない。

湊《みなと》が両手で口を覆《おお》い、うさんくさいウソ泣きをしていた。

「友人が入学式の日に罪を犯《おか》すなんて……。インタビューを受けたら『日頃《ひごろ》からそういうことをやらかしそうだなと思ってました』ってちゃんと真実を伝えるね」

「そういうときって『普段《ふだん》は真面目で……そんなことをする人じゃなかったのに……』とか答えるのがテンプレじゃないっけ？」

美鈴《みすず》がぷふっと噴《ふ》き出《だ》す。

「ふたりは息合ってるねー」

「そうか？　……いや、まあ、うん、そうか。えっと、涼原《すずはら》さんは……」

楓《かえで》にも話してもらいたいと思って視線を向けるも、楓《かえで》の視線は美鈴《みすず》にしか向いていない。何かの法律で視線を制限されているんだろうか。

楓《かえで》が美鈴《みすず》に何やら耳打ちをする。

「ええっと……『覗《のぞ》き魔《ま》と話すことなどない』だってさ」

「原告不在の裁判みたいになってるんだけど」

湊《みなと》と美鈴《みすず》がぷふっと噴《ふ》き出《だ》す。これなら楓《かえで》も笑うか……と思いきや、なぜか上唇《うわくちびる》と下唇《したくちびる》を内側に巻き込んでちょっとぷるぷるしている。楓《かえで》が美鈴《みすず》に耳打ちをする。

「『これからは直接話しかけるのを禁止します』だってさ。わたしもめんどくさいんだけど……」

「それディストピアすぎない？」

湊《みなと》と美鈴《みすず》が顔をそむけ、楓《かえで》はふたたび上唇《うわくちびる》と下唇《したくちびる》を内側に巻き込んでぷるぷるしている。

なんぞや。

隣《となり》の席なのに、タケノコの皮かってくらい幾重《いくえ》もの壁《かべ》を感じる。

めちゃくちゃ綺麗《きれい》だけど、なんだかめちゃくちゃめんどくさい子だな……。

第一章　時間差の一目惚れ

入学してから二週間ほど経《た》った。

初対面のクラスメイトとも打ち解けてくると、教室内での自分の立ち位置もなんとなくわかってくる。

「それじゃあ、この問題がわかる人はいるか？」

英語のグラマーの時間、やたらと綺麗《きれい》な女性の先生が生徒を見回す。伊織《いおり》は黒板に書かれた虫食いの英文を見つめ、ふむと頷《うなず》いて手を挙げた。

「お、佐久間《さくま》」

肉食獣《にくしょくじゅう》を思わせる笑《え》みを浮《う》かべた先生に当てられ、座ったまま答える。

「よし、正解だ。佐久間《さくま》はいいな。手を挙げるときに腕《うで》を直角にして控《ひか》えめアピールをしているのがあざとくてポイントが高い」

「着眼点おかしくないですか？」

教室に笑いが起きる。この先生は伊織《いおり》のことを気に入っており、授業でみんなが眠《ねむ》くなってきた頃《ころ》に伊織《いおり》をイジってくる。伊織《いおり》としてはみんなが笑ってくれるし眠気《ねむけ》もとれるしで大歓迎《だいかんげい》なのだが……。

（……今回も笑わないいな）

すっかりクラスでのお笑い担当になっている伊織《いおり》と先生のやりとりに、隣《となり》の楓《かえで》だけが、それこそただひとりだけ笑っていない。居眠《いねむ》りしていて聞いていないのならまだしも、楓《かえで》は習い事でもしているのかと思うほどきちんと背を伸《の》ばして前を向いている。

——この二週間を通して、涼原楓《すずはらかえで》がどんな人なのかということが少しずつわかってきた。

学校では同学年どころか先輩《せんぱい》からも注目されるほどの美貌《びぼう》を持っていること。

その笑顔《えがお》を誰《だれ》も見たことがないこと。

伊織《いおり》は初めて楓《かえで》を見たときの、とつぜんの「にゃー」に衝撃《しょうげき》を受けたものの、それ以上にまったく笑わない……というか何より、自分が彼女を笑わせようとしてもその表情筋が微動《びどう》だにしないことが気になってしかたがなかった。

楓《かえで》は一日に発する文字に制限があるのかと思うほど喋《しゃべ》らないが、その美しさに引き寄せられるように、彼女の周りには自然に人が集まる。楓《かえで》と唯一気兼《ゆいいつきが》ねなく接している美鈴《みすず》が上手《うま》く立ち回って場を回していた。

楓《かえで》を囲む輪に初めは男子もまざっていたが、楓《かえで》のあまりのそっけなさにたやすく心が折れ、「楓《かえで》と美鈴《みすず》の戯《たわむ》れを遠巻きに眺《なが》める『男子』という生き物たち」という絵画のようになっていた。

（しかしなぁ……笑わないのはなぁ……）

伊織《いおり》は人の笑顔《えがお》を見ることが好きだ。もっといえば、自分が笑わせたときの顔を見るのが最高に好きだ。

だからこそ、すぐ隣《となり》にいながら難攻不落《なんこうふらく》の銀髪碧眼《ぎんぱつへきがん》タケノコ少女（長いし失礼）を何としても笑わせたい……という思いが、伊織《いおり》の中で日に日に膨《ふく》らんでいた。

×　×　×

昼休み。伊織《いおり》は教室で湊《みなと》を含《ふく》め何人かの男友達と弁当を食べていた。この学校は昼休みにどこで食べてもいい。天気のいい日はグラウンドのベンチで食べている人もいた。

「…………」

ふと生じた会話の隙間《すきま》で、伊織《いおり》は空席になっている楓《かえで》の席をちらりと見た。

「伊織《いおり》、また涼原《すずはら》さんのこと気にしてる」

他の男子が昨日見た動画の感想を言い合っているなか、湊《みなと》が楽しげに笑った。

「……別に、ぜんぜん気にしてないっての」

「よっぽど好きなんだねぇ」

「あのな……俺はただひとり笑わない涼原《すずはら》さんが気になってるだけなんですー」

「拗《す》ねた感じの言い方、いい感じに気持ち悪いね～」

「おい、いいのか？　泣くぞ？　いいのか？」

湊《みなと》がくすりと笑う。

「鹿岡《かのおか》さんもいないけど、どこでご飯食べてるんだろうね」

「さあな。女子グループもいないから、みんなで食べてんだろうけど」

いまだに見たことはないが、楓《かえで》と美鈴《みすず》はきっとお昼もいっしょなのだろう。

「涼原《すずはら》さん……びっくりするくらい笑わないよな」

「だね～。男子と話すのも見たことないよ。美鈴《みすず》さん経由の会話も、入学式の日に一回見たきりだし」

「あれ、そうなのか？」

「期待の光が目に宿ったね～」

「人の心を見透《みす》かすのやめてくんない？」

同じ輪にいる男子たちが最近人気の同世代の動画配信者について熱く語り合っている。「俺のほうが前から知ってるから」「いや俺のほうが古参だし」と地獄《じごく》のようなマウンティング合戦をしていた。

「涼原《すずはら》さんってさ、授業中に当てられたときくらいしか声を聞けないでしょ？　だから、他のクラスの人とか先輩《せんぱい》とかは、廊下《ろうか》で涼原《すずはら》さんを見かけると声が聞けないものかとこそこそ近付いたりするんだって」

「え、それすげぇ怖《こわ》いんだけど」

「大丈夫《だいじょうぶ》、鹿岡《かのおか》さんとその他女子グループがきっちり排除《はいじょ》してるらしいから」

「え、それすげぇ怖《こわ》いんだけど」

二回目の言葉のほうが心がこもっていた。

「綺麗《きれい》な上にミステリアスだからみんな気になるんだろうか……」

「鹿岡《かのおか》さんがそばにいるのも大きいんだろうね。女子との橋渡《はしわた》しというか」

「湊《みなと》って鹿岡《かのおか》さんのことよく見てるよな」

「瞬間的《しゅんかんてき》に握力《あくりょく》を百キロまで跳《は》ね上《あ》げて手の甲《こう》をつねろうか？」

「発想が怖《こわ》すぎる！　ていうかそんなバフ使えんの⁉」

いつも通りの愉快《ゆかい》なやりとりをしながら、伊織《いおり》はもういちど楓《かえで》の席をちらりと見た。

×　　×　　×

とある日の放課後、伊織《いおり》は担任の雑務の手伝いをしていた。

プリントをホチキスで留めるだけの作業だが、先生とは普段《ふだん》しないような世間話ができて思いのほか楽しかった。

「今日も残業だぜぇ……へへへ、たまんねぇなぁ……」

遠い目をした担任の言葉に、伊織《いおり》は苦笑いしてサムズアップするしかなかった。

「湊《みなと》は……昇降口《しょうこうぐち》にいるのか」

トークアプリをちらりと見て確認《かくにん》する。伊織《いおり》は高校では部活に入らなかった。部活動への加入は強制ではないので、伊織《いおり》のように帰宅部になる生徒は相当数いる。

同じく帰宅部である湊《みなと》のもとへ向かおうとしたところで、課題に必要な教科書を机に入れっぱなしにしていたことに気付く。

職員室のある二階から階段を降り、一年生の教室へつながる廊下《ろうか》を歩く。放課後は部活のある生徒はすぐに向かうし、帰宅部の生徒もホームルームのあとに多少雑談をして早々に帰る。人がいなくなったことで春の廊下《ろうか》はしんと静まり返り、体感温度が何度か下がっているような気がした。

(あれ？　女子の声……？)

突《つ》き当《あ》たりを曲がれば目的地につく……というところで、楽しげにはしゃぐ声が聞こえた。どうやら自分の教室で女子が話しているようだ。ドアを開けているのか、その声がよく通る。

(このまま入るのも微妙《びみょう》だよな……)

男子ならまだしも、まだまだ会話の少ない女子グループの中に躊躇《ちゅうちょ》なく入っていく勇気はない。なので、おそるおそる顔だけ覗《のぞ》かせた。

教室にいたのは、見慣れたふたり——楓《かえで》と美鈴《みすず》だった。

「楓《かえで》は可愛《かわい》いな～、うりうり～」

美鈴《みすず》は楓《かえで》とふたりきりだからか、いつも以上にはしゃいでいた。はつらつとした可愛《かわい》らしさ。

ひそかに人気があるのもうなずける。

けれど、伊織《いおり》は視線を横にすべらせ、

「もう、美鈴《みすず》ってば……からかわないでってば」

お団子頭をぽんぽんと撫《な》でる楓《かえで》を見た瞬間《しゅんかん》、目を見開いた。

普段《ふだん》はまったくの無表情である楓《かえで》が――目を細め、口角を上げ、楽しげに、無邪気《むじゃき》に笑っている。

伊織《いおり》の心臓はたやすく撃《う》ち抜《ぬ》かれた。

（え、な、ええ？　そんな笑い方、すんの？　え、えぇぇ……？）

美鈴《みすず》の笑《え》みは人懐《ひとなつ》っこい小動物を思わせる。

対して楓《かえで》は、寒さの厳しい冬を乗《の》り越《こ》え、雪の解けた野原にぴょこりと咲《さ》いた小さな花のようだった。

綺麗《きれい》だった。

背景の教室が一気に遠くなる。

楓《かえで》と美鈴《みすず》しか見えなくなる。

やがて楓《かえで》しか見えなくなる。

視界が、思考が、根こそぎ彼女に……楓《かえで》に集中した。

美鈴《みすず》の笑顔《えがお》とちがって、もう少し遠くから見たら笑っていることに気付かないかもしれないくらいの、わずかな表情の変化。

けれどそこに、親友と呼べるであろう美鈴《みすず》との仲の良さや信頼《しんらい》関係が見て取れる。本当に美《み》鈴《すず》のことを慕《した》ってるんだな、とわかる笑顔《えがお》。

情報量が多すぎた。

楓《かえで》が浮《う》かべた微笑《びしょう》は伊《い》織《おり》を射抜《いぬ》き、その脳内にあまりに多くの感情が氾濫《はんらん》した。

脳裏《のうり》にしっかりと焼き付いた笑顔《えがお》は、これから先しばらく色あせることがないと直感した。

「……あれ？　佐久間《さくま》くん？　どしたのー？」

美鈴《みすず》の声にハッとする。気付けば教室の入口で棒立ちになっていた。

「……え……っ」

楽しげに笑っていた楓《かえで》が目を見開き、顔を真っ赤にして、瞬時《しゅんじ》に口元を手で隠《かく》す。そして高速で美鈴《みすず》の後ろに隠《かく》れた。美鈴《みすず》は苦笑いを浮《う》かべている。

「………」

楓《かえで》が美鈴《みすず》の肩口《かたぐち》からひょこりと顔を出し、無言で睨《にら》んでくる。美人が怒《おこ》ると怖《こわ》い、というどこかで聞いた言葉を生まれて初めて実感した。仕草だけ見れば森でひょっこり姿を現すリスみたいで和《なご》むのに。いや、顔立ちが顔立ちなので妖精《ようせい》といったほうが適切か……などと考えているあいだも伊《い》織《おり》のことを睨《にら》む睨《にら》む。あわよくば視線だけで心臓を止め、己《おのれ》の笑顔《えがお》の目撃者《もくげきしゃ》を消そうとしているのではと思うほど。

「パ……」

楓《かえで》がぽそりと、消え入るような声でつぶやいた。

「ん？　……パ？」

伊織《いおり》が首をかしげると、

「パパラッチ……っ」

「……は、はぁ⁉　なんでだよ⁉」

思わず大きな声を出すと、楓《かえで》はふたたび美鈴《みすず》の背後に隠《かく》れてしまった。楓《かえで》のほうが背が高いのであちこちがはみ出ている。

「楓《かえで》がごめんねー。忘れ物でもしたの？」

「え？　あ、ああ、うん。……ちょっと失礼しまーす」

伊織《いおり》が席に近付くと、伊織《いおり》から決して顔が見えないように楓《かえで》がすすすと移動する。桜の木を中心にしてくるくる回る彼女と猫《ねこ》の姿を思い出した。

教室を出て、廊下《ろうか》をひとり歩く。

静かな場所だからこそわかる。自分の鼓動《こどう》がうるさいくらいに高鳴っていることを。

「……いやいやいや、あれは……反則だろ……」

ふだん笑わない子が不意に見せる笑顔《えがお》。なるほど、よくわかる。漫画《まんが》でも小説でもアニメでも見たことがあったし、冷静に先ほどの状況《じょうきょう》を振《ふ》り返《かえ》っても、激しく動揺《どうよう》するのはよくわかる。

……などと分析《ぶんせき》するのが馬鹿らしくなるくらい、楓《かえで》の笑《え》みは強烈《きょうれつ》だった。

笑顔《えがお》は人の表情の中で一番素敵《すてき》な表情だ、と伊織《いおり》は思う。それにしてもあの笑顔《えがお》は……あの笑顔《えがお》はずるい……などとひたすら脳内で反芻《はんすう》しているうちに、廊下《ろうか》の突《つ》き当《あ》たりのドアにおでこをぶつけた。

「いったぁ……あ、やば」

ぶつかったのは美術室で、中にいる美術部員らしき人たちの「なんだ今の音？」「確認《かくにん》してきますね」といった声が聞こえる。

おでこをさすって慌《あわ》てて逃《に》げながらも考える。

楓《かえで》のことは、ついさっきまでは「綺麗《きれい》だけどめんどくさい子」と思っていた。

けれど今は……どうしようもないほど、魅力的《みりょくてき》に思っている。

あの子を笑わせたい。あの子の笑顔《えがお》をもういちど、いや、何度でも見たい。

（うわー……俺、うわー……）

顔がどんどん熱くなっていく。

佐久間伊織《さくまいおり》は、涼原楓《すずはらかえで》に——惚《ほ》れていた。

×　×　×

翌日、早めに教室についてやたらめったらそわそわしている伊織《いおり》を見て、湊《みなと》が「うわー」と気の抜《ぬ》けた声で引いた。

「伊織《いおり》、昨日からずっと気持ちわる……変だよ？」

「ほぼぜんぶいったよな今？　泣きそうなんだけど」

湊《みなと》の罵《のの》りは、なんというか笑顔《えがお》のままナイフでさっくり刺《さ》してくるような切れ味がある。四代くらい前は殺し屋だったのでは。

友人のなじりによるダメージに悶《もだ》えていると、楓《かえで》と美鈴《みすず》がやってきた。

「お、おはよう」

ためらいながらも挨拶《あいさつ》をする。昨日までなら会釈《えしゃく》をしてくれていたが——楓《かえで》は目を細め、まるでごみを見るような目で伊織《いおり》をコンマ数秒だけ睨《にら》み、すぐに顔をそむけてしまった。

（え、キっつぅぅ……）

惚《ほ》れた直後に全力で嫌《きら》われるとはこれいかに。伊織《いおり》と楓《かえで》それぞれに対する好感度の総量が決められていて、秤《はかり》のようにバランスをとっているのだろうか。

「（ごめんねー！）」

美鈴《みすず》が両手を合わせて苦笑いをしている。ちろりと出した舌が可愛《かわい》らしいが、今は楓《かえで》に全力で避《さ》けられていることがただただつらい。

ショートホームルーム前からこの世の終わりのような顔をしていると、湊《みなと》がやけににこにこしていることに気付いた。

「……なんだよ？」

「いや～、青春だなって思って」

「ああん？」

「伊織《いおり》ってたまにヤンキーみたいな怒《おこ》り方《かた》するよね～」

湊《みなと》の隣《となり》の美鈴《みすず》がぷふっと噴《ふ》き出《だ》す。

ちらりと隣《となり》を見やったが、楓《かえで》は一限の数学の教科書とノートを取り出していて、こちらの会話を一切《いっさい》聞いている様子がなかった。

（つらい）

窓から見える穏《おだ》やかな景色を眺《なが》めながら、辞世の句でも作ろうかしらと真面目に思った。

Interlude

「楓《かえで》、さすがにちょっと冷たすぎない？」

移動教室で廊下《ろうか》を歩いていると、美鈴《みすず》に二《に》の腕《うで》をつかまれた。美鈴《みすず》の視線はふたりの前を歩く伊織《いおり》にちらちらと向けられている。美鈴《みすず》の困ったような、呆《あき》れたような笑《え》みはどうも納得《なっとく》がいかない。

「パパラッチにかける慈悲《じひ》などない」

「めちゃくちゃキリッとしちゃったよ……」

ばっさり切り捨てたものの、美鈴《みすず》のツッコミにじわりとツボが刺激《しげき》される。

「………」

顔をそむけたが遅《おそ》かった。

「よーし笑ってる笑ってる！　楓《かえで》は今日も可愛《かわい》いな～」

「あ、ちょ、やめっ、もう……っ」

美鈴《みすず》が頭をわしゃわしゃと撫《な》でてくる。大型犬か何かだと思っているのだろうか。そんなふたりのやりとりに生温かい視線が集まり、楓《かえで》の顔が熱くなる。

(あの対応は妥当《だとう》。妥当《だとう》だから……)

なおも頭を撫《な》でてくる美鈴《みすず》の頬《ほお》を挟《はさ》んで動きを止め、自分に言い聞かせながら廊下《ろうか》をずんずん突《つ》き進《すす》んだ。

第二章　惚れたけど距離が遠すぎる

楓《かえで》から避《さ》けられているにも関わらず、むしろ避《さ》けられているからこそ、伊織《いおり》の彼女に対する恋慕《れんぼ》の情は膨《ふく》らむ一方だった。

楓《かえで》の笑顔《えがお》は脳裏《のうり》に刻み込まれ、家にいようと学校にいようと幾度《いくど》となく脳内再生された。おかげで授業にも身が入らない。

惚《ほ》れる前と後では、楓《かえで》に対する認識《にんしき》が明らかに変わっていた。些細《ささい》な仕草にも見惚《みと》れるようになった。

楓《かえで》は姿勢がよく、猫背《ねこぜ》という言葉を知らないかのように常に背すじがぴんと伸《の》びている。そのうえ指が長く、ただ板書をとる姿でさえ様になっている。

現代文のときの縦書きも、数学のときの数式を書くところも綺麗《きれい》だが、中でも英語をするすると書くときのなめらかな動きが好きだった。もちろんじろじろ覗《のぞ》くのは気持ちが悪いと重々承知しているので、これらの観察は基本的にほんの数秒ずつしか行なっていない。それでも湊《みなと》に言えば十分気持ち悪がられるだろうが、綺麗《きれい》なものは綺麗《きれい》なんだから仕方がない。

「よし、じゃあこの問題がわかるやつ……と見せかけて、佐久間《さくま》」

「ふぁぃぇお⁉」

自分でも聞いたことのない声をあげ、必要もないのに立ち上がってしまった。昼休み直後の倦怠感《けんたいかん》が吹《ふ》き飛《と》ぶほどの笑いが起きる。

「どうした佐久間《さくま》？　私はただ、ぼーっとしている君を指名しただけだぞ？」

英語のグラマーの先生がにこにこしている。いつも伊織《いおり》をイジるときよりも明らかに楽しそうだ。この人ぜったいドSだ、ぜったい。

「うぐ……す、すみません……っ」

「謝らなくていいさ。この問題を答えさえすれば何も問題はない。答えられない場合は何かしらひどい仕打ちをするぞ」

「後半でキラキラ笑顔《えがお》になるのやめてくれません？」

教室がさらに笑いに包まれた。

「せんせー。このご時世にひどい仕打ちをする、とか言わないほうがいいと思いまーす」

最前列の男子が手を挙げ、笑いながら言う。先生はあごに親指を添《そ》えて「ふむ」と頷《うなず》くと、

「じゃあ、体育の時間だけ常に右ひざに不穏《ふおん》な痛みが発生する呪《のろ》いをかけようか」

「思春期男子がのびのびと遊ぶ場を奪《うば》わないで！」

伊織《いおり》のツッコミに教室がさらに沸《わ》く。何人かは笑いすぎて涙目《なみだめ》になっていた。

（よし、これなら……って、うーわ……）

いつも以上の手応え。これならば楓《かえで》も笑うのではと思ったが、甘かった。楓《かえで》は伊織《いおり》のことをじつに怪訝《けげん》そうな目で見つめていた。というよりも睨《にら》んでいた。前世から恨《うら》みが積もり積もっ

ているかのように。

（どうしたもんかなぁ……）

心の中で嘆息《たんそく》しながら腰《こし》を下ろしかけると、

「いや、笑いをとったことでお役目終了みたいな顔をするなよ？」

「あ、マジですみません」

もうひと笑いを起こし、案の定答えもわからなかった。

授業のあと、英語の先生は伊織《いおり》の肩《かた》をぽんと叩《たた》き、

「教室の空気をよくしてくれるのはありがたいが、もう少し真面目に授業を聞くように」

「す、すみません……」

伊織《いおり》はただただかしこまるばかりだった。

×　　×　　×

「なあ、湊《みなと》」

「ん～？　なに？」

昼休み。

湊《みなと》をグラウンドのベンチに連れ出した伊織《いおり》は、弁当を食べながら相談を切り出した。楓《かえで》に惚《ほ》

れたことは直接言わず、迂遠《うえん》な言い回しを使っていたのだが、

「なるほどね〜、好きで好きでしょうがない涼原《すずはら》さんに避《さ》けられっぱなしはつらい、ってことか」

「なあ、なんでいっちばん俺が恥《は》ずかしくなる言い方を選んだの？　死にそうなんだけど」

「伊織《いおり》の死因の欄《らん》が楽しいことになりそうだよね。『死因：羞恥性心筋梗塞《しゅうちせいしんきんこうそく》。通称《つうしょう》：恥《は》ずか死《し》』みたいな」

「通称《つうしょう》がポップすぎるだろ」

こほん、と咳払《せきばら》いをして表情を引《ひ》き締《し》める。

「涼原《すずはら》さんって、もともと男子とぜんぜん話さないだろ？」

「そうだね、だからこの場合はゆっくり……」

「だから、大胆《だいたん》に動いたほうがいいかなって」

「ん？」

湊《みなと》が、糸のように目を細めた笑《え》みを浮《う》かべたまま首をかしげる。グラウンドで遊ぶ男子の掛《か》け声《ごえ》が急に大きく聞こえた。反応に違和感《いわかん》を覚えつつも伊織《いおり》が続ける。

「いっそ、勇気を出して告《コク》ったほうがいいんじゃないかって」

「ん？」

湊《みなと》がまったく同じ表情のまま、首をさらにかしげた。ちょっと怖《こわ》い。

「いや、だから。この気まずい状況《じょうきょう》を打破するためにも、まず俺の好意をちゃんと伝えてだな……」

「伊織《いおり》、寝《ね》ぼけてる？」

糸みたいな目が開いた。怖《こわ》さが増している。

「真面目だっての。こういうのは早いに越《こ》したことはないよな。とりあえず今日の放課後にでも涼原《すずはら》さんを呼び出して……」

「伊織《いおり》、寝《ね》ぼけてる？」

目がさらに開く。怖《こわ》い。口角が上がっているのに、目がまったく笑っていない。

「み、湊《みなと》……？　顔がすげぇ怖《こわ》いんだけど……？」

「伊織《いおり》。今の発言に対する僕のコメントだけど……」

湊《みなと》がトークアプリで文字を打ち、伊織《いおり》に送る。ぽこん、という通知音が鳴った。

画面を開く。

『T A☆W A☆G O☆T O☆』

戯言《たわごと》……。

ものすごく手短で、なおかつ愉快《ゆかい》に罵《ののし》られた。

「昼休みももう終わりそうだから、歩きながら話そうか」

「お、おう、わかった」

にこにこ笑顔《えがお》はそのままなのに、依然《いぜん》として怖《こわ》い。人って表情を変えることで感情を表すんじゃなかっただろうか。

昇降口《しょうこうぐち》で靴《くつ》を履《は》き替《か》え、廊下《ろうか》をゆっくり歩く。

「伊織《いおり》。好きになったら……その人のことを大事に思うなら、紳士的《しんしてき》にアプローチしないとだよ？」

湊《みなと》が立てた人差し指をくるくると回す。「普通《ふつう》に考えてみなよ。自分が思いっきり避《さ》けてた男子が急に呼び出してきて、猪《いのしし》みたいに鼻息を荒《あら》らげて『むふぉぉぉ……お、おれ、おれとぉ……付き合っておくれよぉぉぉ……っ』って言ってきたらどう思う？　ただの事案だよ、事案」

「なあ、そいつもはや人間じゃないよな？」

穏《おだ》やかな笑《え》みからは到底《とうてい》想像もつかない声が出た。

冗談《じょうだん》をまじえながらではあるが、湊《みなと》の言うことはよくわかった。

「まずは涼原《すずはら》さんの、俺に対する警戒心《けいかいしん》を解くところから始めないとな……」

「そうそう。焦《あせ》らずに焦《あせ》らずに。男子とぜんぜん話さないっていうのはチャンスでもあるんだから」

「湊《みなと》……どんだけ経験積んでるんだ？　それとも何回か人生やり直してる？」

「転生経験はないかなー。耳年増なだけだよ」

教室に戻《もど》り、席につく。

「ねえねえ小野寺《おのでら》くん。佐久間《さくま》くんとどこ行ってたの？」

「グラウンドでご飯を食べてたんだよ」

美鈴《みすず》が楽しげに湊《みなと》に話しかけている。ふたりはこんなに仲が良かっただろうか。なんとなくではあるが、ふたりが目を合わせている時間も長い気がする。

ちらりと隣《となり》を見やると、楓《かえで》と目が合った。

ものすごい勢いで顔をそむけられた。磁石の同じ極を全力で近づけたのかと思うほどに。

毛先があごの辺りまである銀の髪《かみ》がはらりと揺《ゆ》れて束に戻《もど》る。

「…………」

前を見る。湊《みなと》と美鈴《みすず》が和《なご》やかに話し続けている。

格差という言葉は、経済格差などの大きな括《くく》りで聞くことが多いが……伊織《いおり》は前列と自分の列で、あまりにも明確な格差を感じた。

×　　×　　×

とある日の夜。

伊織《いおり》は、妹のひよりと夕飯を食べていた。

「うーん、お兄の料理はこの大雑把《おおざっぱ》な味付けがたまんない！」

「毎回言うけど、それ褒《ほ》められてる気にぜんぜんなんないからな？」

肉と野菜を噛《か》み締《し》めたひよりが幸せそうに目を細める。本人的には褒《ほ》めているんだろう。

両親ともに仕事で忙《いそが》しくて家を空けることが多く、兄妹《きょうだい》そろって小さいときから動画アプリで料理チャンネルを見て作っていた。

「お兄。お休みの日でいいからさ、新しいお料理作ってよ。あたしも作るから」

ひよりとは見ているチャンネルの傾向《けいこう》がちがい、伊織《いおり》は男飯と呼ばれるジャンルを好んでいる。妹はそんな兄の豪快《ごうかい》な料理が好きで、華奢《きゃしゃ》な身体からは想像もつかない量をぱくぱくたいらげてしまう。

「はいよ。んじゃあ買い出しに行かないとな」

「やたっ。楽しみー♪」

にぱっ、とひまわりが咲《さ》いたような笑《え》み。ひよりはひとつ下の現在中学三年生だが、兄離れはまだ先のようだ。幼い頃《ころ》から伊織《いおり》がつきっきりで面倒を見ていたので、ひよりのちょっとしたおねだりはいくらでも聞いてしまう。その点を考えると、伊織《いおり》も妹離れができていないのかもしれない。

再生リストに入れた動画でまだチェックしていないものがあったので、今度はその動画を参考にして料理を作ろうか……と思っているときに、ふと。

（涼原《すずはら》さんは……どれくらい食べるんだろう？）

脳裏《のうり》に楓《かえで》の顔が浮《う》かんだ。あの日の笑顔《えがお》が真っ先に浮《う》かんだあと、それを埋《う》めるように最近の冷たい表情がいくつもいくつも雪崩《なだれ》のごとく浮《う》かんでくる。つらい。

（パンを買ってるのは見たことあるけど）

購買《こうばい》の前を通りかかったとき、美鈴《みすず》とふたりでパンを買っているところを見かけた。生徒が押し寄せて美鈴《みすず》が「むぎゅぅ……」と唸《うな》るなか、楓《かえで》がするすると人の波をすり抜《ぬ》けて美鈴《みすず》の分までパンを買っていた。

伊織《いおり》はその一部始終を見ていたが、そのときも楓《かえで》と目が合い、案の定尋常《じんじょう》でないほどのしかめっ面《つら》をされた。昼休みに心が折られるとは思わなかった。

「お兄、さっきからぽーっとしたり絶望したり、忙《いそが》しいね」

「……そんなこたあない」

お茶を口に含《ふく》み、

「恋《こい》？」

全力でむせた。

噴《ふ》き出《だ》す寸前に皿の置かれていないほうに顔を向けた自分、グッジョブ。

「お前な……」

げほげほと咳《せ》き込《こ》みながら妹を睨《にら》む。当の本人はけらけらと楽しげに笑っていた。

「でも、そっかそっかー、お兄もそんなお年頃《としごろ》かー」

ひよりがテーブルに両ひじをつき、手のひらにあごを乗せる。シュシュでまとめたポニーテールをぴっこぴっこと楽しげに揺《ゆ》らす仕草は、可愛《かわい》らしいと同時にちょっと腹が立つ。

「年上なんだけどなぁ……」

「え⁉ 先生なの⁉」

「そこはまず『先輩《せんぱい》なの⁉』だろ！ ていうか今のは俺がお前より年上だって意味！」

「知ってるけど」

「ボケといて自分から引くのやめて？」

立ち上がり、楽しげに笑う妹の頭をくしゃくしゃと撫《な》で、食器を重ねてシンクに運ぶ。ひよりは何も言わずとも隣《となり》に立ち、布巾《ふきん》を用意している。

「お兄、知ってる？ 女子の精神年齢は実年齢のふたつ上で、男子は実年齢のふたつ下なんだって」

「ふーん？」

伊織《いおり》が食器を洗い、ひよりがそれを拭《ふ》く。

視線で続きを促《うなが》すと、妹はなぜか得意げに笑った。

「すなわち……あたしの精神年齢はお兄よりみっつ上なのです！ どやぁ！」

「ふーん、すごく驚《おどろ》いたー」

「ちょっと棒読みすぎない？　泣きそうなんだけど」

お互《たが》い食器を手に持っていない絶妙《ぜつみょう》なタイミングで、ふくらはぎにローキックを食らわせてくる。ダメージが残りそうなちゃんとしたローキックだ。

「ふみゃー」

洗い物を終えて手を拭《ふ》いたところで、天使の鳴き声が聞こえた。

「コタロー、どうした？」

マンチカンのコタローがちょこちょことやってきて、つぶらな瞳《ひとみ》で兄妹《きょうだい》を見あげる。この時点でもう骨抜《ほねぬ》きだ。ふたりそろってしゃがみ、ちっちゃな頭を交互《こうご》に撫《な》でる。

「みゃー」

気持ち良さそうに目を細めたコタローがひょいと立ち上がり伊織《いおり》とひよりを交互《こうご》に見つめる。心持ち自慢《じまん》げな顔。可愛《かわい》すぎて崩《くず》れ落《お》ちそうになる。

「お水だね～？　待っててね～？」

頬《ほお》のゆるみきったひよりが立ち上がる。コタローはいったん脚《あし》を下ろして伊織《いおり》に近付き、ふたたびによいっと立ち上がって見つめてきた。可愛《かわい》さで殺す気らしい。我が家のマスコットは今日も破壊力《はかいりょく》抜群《ばつぐん》だ。

コタローは昨年佐久間家《さくまけ》にやってきて以来毎日のように可愛《かわい》さの猛威《もうい》を振《ふ》るっている。父は「コタローは我が家のアイドルだなぁ……。あ、俺のアイドルは、というか女神《めがみ》は母さんだからね？」と総入れ歯になりそうなことをつぶやき、伊織《いおり》とひよりに冷たい目を向けられていた。

ちなみに母は普通《ふつう》に照れていた。

「コタローは可愛《かわい》いなぁ……」

しっぽの付け根をぽんぽんと撫《な》でながら、ふと入学式の日を思い出す。

あのとき楓《かえで》は猫《ねこ》を避《さ》けているようだった。けれど本当に嫌《きら》いなら、さっさとその場を後にすればいい。なのに彼女は猫《ねこ》を見つめながらも距離《きより》をとるという矛盾《むじゅん》した行動をとっていた。

（本当は好きなのかな……ん？）

楓《かえで》のことを考えつつ、あのときの猫《ねこ》も可愛《かわい》かったな……などと思っていると、コタローがあぐらをかいた伊織《いおり》の脚《あし》の上に乗って丸まった。まるで「他の猫《ねこ》のことを考えるんじゃありません」とでもいわんばかりの顔で見つめてくる。

「コタロー、お水だよはぁぁんかわいい！」

ちっちゃく丸まったコタローを見るなり、ひよりが口を手で押さえて「ふぐぅ……っ」と変なうめき声を漏《も》らした。

×　　×　　×

「涼原《すずはら》さんって色々とすげぇよなぁ」

とある日の放課後。

伊織《いおり》がクラスメイトの男子と雑談していると、そのうちのひとりがぽつりとつぶやいた。

「うんうん」

「わかるわかる」

他の男子も次々と頷《うなず》き、伊織《いおり》も曖昧《あいまい》に頷《うなず》く。本当は発言した男子の肩《かた》をがっちりつかんで楓《かえで》の魅力《みりょく》をプレゼンしたいくらいなのだが、それをするとまだ九割九分残っている学校生活がハードモードになるのでやめておく。

（みんなは涼原《すずはら》さんの笑顔《えがお》を知らないわけだよな……）

パパラッチと呼ばれたことも、現在進行形で塩どころではない対応を受けていることもいったん忘れて優越感《ゆうえつかん》に浸《ひた》っていると、

「なんかさ、あまりにも目立ちすぎるから話しかけづらいっていうか」

（……ん？）

「わかるわかる。あの見た目でほとんど喋《しゃべ》らないとなると、近寄りがたいにも程《ほど》があるよなー」

「……そうか？」

伊織《いおり》のつぶやきに男子たちがきょとんとして、それから小さな笑いが起こる。

「佐久間《さくま》はそういうの気にしないかー」

「クラスの誰《だれ》とでも話すもんな、佐久間《さくま》って。ぬるぬるーって感じで」

「その擬音《ぎおん》のチョイスはおかしいだろ」

伊織《いおり》は男子のひとりを小突《こづ》いて笑いながらも、先ほどの発言の真意が気になっていた。

「やっぱさ、銀髪《ぎんぱつ》に青い目っていうのは、なかなかこう……なあ？」

「うんうん、めちゃくちゃ綺麗《きれい》だけど、映画でも見てるような気分になるんだよな」

「大学に入って留学生を見るようになったらもうちょっと慣れそうだけど、公立の小中学校に通っていきなりあんな人を見たらビビるビビる」

「……なるほどなぁ」

男子たちの発言には棘《とげ》はなかった。単純に、ごくごく単純に、「未知なるものに対する躊《ちゅう》躇《ちょ》」があるだけだ。

「佐久間《さくま》はその点すげぇよな。普通《ふつう》に話しかけてるし」

「ものすごい勢いでシカトされてるみたいだけど」

「なんで知ってんだよ!?」

恥《は》ずかしいところを見られていたらしい。

「「みんな知ってるけど」」

「恥《は》ずか死《し》にそう」

男子たちの口をそろえての言葉に天井《てんじょう》を仰《あお》いだ。

「佐久間《さくま》って涼原《すずはら》さんに対して近寄りがたいな～とか思わないのか？」

「う～ん……」

腕《うで》を組んで考え込む。今話している男子たちとは、同じような場所で育ち、同じようなものを食べ、同じようなものを見てきているはずだ。なのにこうした考え方のちがいがあるのは面《おも》白《しろ》い。

「……うちさ、両親の教育方針が自由気ますぎるんだよな。放任、ってわけじゃないんだけど、デバイスにアプリをありったけ入れて、家にある本もいつでも読んでいいって言って、『あとはお好きにどうぞ』って感じなんだよ」

「なんだそれ、すげぇ羨《うらや》ましいな……」

「それで、小さい頃《ころ》から月額制読み放題の電子書籍《しょせき》を読みまくってたし、動画も適当に漁《あさ》ってたら外国人の動画も観《み》るようになって。色んな考えに触《ふ》れてるうちに……『色んな人がいて当たり前』っていう感覚ができたのかも。だから、涼原《すずはら》さんに対しても、単純に『銀髪《ぎんぱつ》の綺麗《きれい》で可愛《かわい》い人』ってくらいの意識しか持ってないんだよな」

「「……………」」

男子たちが目を見開いて伊織《いおり》を見つめ、

「すばらしい」

「うむ、すばらしい」

「急にどうしたんだよ⁉」

なぜか拍手《はくしゅ》を始めた。

「いや、すげぇな佐久間《さくま》……」

「人類がみんなお前みたいだったら戦争も起こらねえよな……」

「まあ、涼原《すずはら》さんのことを『可愛《かわい》い』って言ってるあたりを掘《ほ》り下《さ》げたくなるけど」

「それじゃあまた明日」

「「待てや」」

称賛《しょうさん》の流れからとつぜん詰問《きつもん》タイムが始まりそうになり、伊織《いおり》は荷物をまとめて超速《ちょうそく》で逃《に》げた。

×　　×　　×

「はぁ、はぁぁ……あいつら、今日は体育がなかったからって全力で追いかけやがって……っ」

男子たちは結局、一階を三周したところでようやくまくことができた。さんざん伊織《いおり》を追いかけておいて、いつの間にか帰っていた。ヤツらには何かしらの仕返しをしたい。

開け放たれた窓からは、野球部や陸上部、グラウンドホッケー部が活動している声が聞こえてくる。吹き込む風が温かく、思わず目を細めた。

(俺の考え方って、みんなとちがうのか)

先ほどの会話を思い出す。

楓《かえで》の銀髪碧眼《ぎんぱつへきがん》という見た目に対して、男子たちは明らかに気おくれしていた。その気持ちはわかる。わかるけれど、伊織《いおり》は楓《かえで》の美しさに対してのみ気おくれしているのに対し、男子たちは楓《かえで》の美しさに加え、髪《かみ》と瞳《ひとみ》の色にも気おくれしていた。

伊織《いおり》の考えに対する男子たちの反応は好意的だったけれど、楓《かえで》のような個性的な見た目を受け入れがたい人もいる。

見た目がちがえば「そういう人もいるよなぁ」と思い、考えがちがっても同じく「そういう人もいるよなぁ」と思う。それくらいフラットなほうが、色々な物事に興味を持ち、魅力《みりょく》を感じられると思うのだが……。

現に伊織《いおり》はきっと、クラスメイトの他の誰《だれ》よりも楓《かえで》に惹《ひ》かれて——

「……だめだ、急に恥《は》ずかしくなってきた」

銀髪碧眼《ぎんぱつへきがん》死海対応（塩対応の上位互換《ごかん》）の少女のことを思い浮《おも》かべ《う》、伊織《いおり》はぶんぶんと頭を振《ふ》った。

今日は用事もないし、さっさと帰るか……と思っていると。

「あれ、誰《だれ》かいる……？」

屋上に続く階段に誰《だれ》かが座っている。ふたりいるな、どうやら女子だな……と思ったところで、銀髪碧眼《ぎんぱつへきがん》の見慣れた女の子が、これまた見慣れたお団子頭の少女に後ろから抱《だ》きつき、頭にあごを乗せ、むふーと満足げに鼻息をついていた。

崩《くず》れ落《お》ち、リノリウムの床《ゆか》にひざを強打した。

楓《かえで》と美鈴《みすず》がびくーんと飛《と》び跳《は》ね、それから伊織《いおり》の存在に気付く。

「ぐおぉぉ……ご、ごめん……っ」

楓《かえで》と目が合った。目をぱちくりとさせ、それから射殺すように細める。

美鈴《みすず》の後ろに顔を隠《かく》し、目だけを覗《のぞ》かせると、

「……ドウシタノ？」

一応心配していますが、というスタンスをとっているが、「何してんのお前（軽蔑《けいべつ》）？」という副音声が聞こえる気がしてならない。

「佐久間《さくま》くん、だいじょうぶー？」

美鈴《みすず》が苦笑いして、楓《かえで》の頭をぽんぽんと撫《な》でる。

「ええっと、涼原《すずはら》さん、その……」

「覗《のぞ》き魔《ま》、パパラッチ、パパラッチ再犯……」

「ちょっと待ってちょっと待って!?」

ぽつぽつとつぶやく言葉が物騒《ぶっそう》すぎる。刑法《けいほう》はぜんぜん知らないが、なんだか一発で実刑《じっけい》判

決がくだりそうな罪状だ。パパラッチが罪なのかは知らないけども。

立ち上がってひざを払《はら》ったものの、気まずいにも程《ほど》がある。

どうしたものか……と思っていると、美鈴《みすず》がにこりと微笑《ほほえ》んでくれた。THE・仲介人《ちゅうかいにん》といった笑顔《えがお》。どういう笑顔《えがお》だそれは。

「佐久間《さくま》くん、とりあえず今は……ね？　わたしもちょっと頑張《がんば》ってみるから」

「あ、ああ。わかった、ありがとう……？」

頑張《がんば》ってみるとはどういう行動を指すのか……？　と首をかしげつつも、とりあえずその場を後にする。

曲がり角を曲がるまで、氷漬《こおりづ》けのピックをぐりぐりと刺《さ》すような視線を背中にひたすら感じていた。

伊織《いおり》が立ち去ったあと、鹿岡美鈴《かのおかみすず》は楓《かえで》の頭をぽんぽんと撫《な》でた。

「楓《かえで》。そろそろ許してあげたら？　三回とも、佐久間《さくま》くんはたまたまその場に居合わせただけでしょ？」

入学式の日の通学路、それと楓《かえで》の笑顔《えがお》を目撃《もくげき》したと思われる放課後、そして今。

他のクラスメイトが……それどころか美鈴《みすず》以外の女友達でさえ見たことのない、楓《かえで》の無防備な一面。

「……べつに、許してないわけじゃないから……」

「あの態度で許してるんだったら、許してないときはいったいどうしてんのさ……」

「……襲《おそ》いかかる？」

「思ったより野蛮《やばん》だった！」

けらけらと笑う。楓《かえで》は頬《ほお》をぷっくりと膨《ふく》らませ、気持ちの行き場を求めるかのように美鈴《みすず》のお団子頭を両手で慎重《しんちょう》に撫《な》でている。ろくろを回してるみたいだ。

「ていうか……覗《のぞ》き……パパラ……あの人だって、毎回じろじろ見てるから。あれはどうかと思うんだけど」

「呼び方……。まあね～……」

楓《かえで》の言い分もわかるが、これまでの現場を思い返すと、美鈴《みすず》としては致《いた》しかたないと思ってしまう。

猫《ねこ》から離《はな》れたくないと思いつつも近づけないでパニクる姿。

気を許したごく一部の人——それこそ、家族や自分にしか見せない笑顔《えがお》。

それから、無防備にじゃれつく姿。

そのどれもが、同性でなおかつ幼馴染《おさななじみ》といえる自分でさえ可愛《かわい》いと思うほどの破壊力《はかいりょく》を持っているのだ。思春期男子にはたまるまい。ふふん。

こほん、と咳払《せきばら》い。

楓《かえで》を正面から見つめる。降りしきる雪を連想させる銀髪《ぎんぱつ》。凪《な》いだ海を思わせる碧眼《へきがん》。日の光を知らないかのような白い肌《はだ》。本当に綺麗《きれい》だなー、と改めて思ったところで。

「それにしてもさ、もうちょっと反応してあげてもよくない？　佐久間《さくま》くんが何言っても、楓《かえで》ってばそっぽ向いちゃうでしょ？　そのたんびに佐久間《さくま》くん、泣きそうになってるよ？」

楓《かえで》が目を見開く。人形のような顔がとたんに生気を帯びたような、あるいは魂《たましい》が込められたかのように見える。

「え……っ。ほ、ほんとに……っ？」

どうやら気付いていなかったらしい。こうやって伊織《いおり》に気遣《きづか》うあたり、楓《かえで》も伊織《いおり》のことを嫌《きら》いになりきれていないのだろう。というか嫌《きら》いではないのだろう。

「動揺《どうよう》してる楓《かえで》も可愛いなーうりうり〜」

「ちょ、やめ、わしゃわしゃしないで……っ」

銀髪《ぎんぱつ》を撫《な》でてじゃれ合う。窓から差し込む光を反射する髪の毛《かみのけ》は、山奥の清流みたいに指の隙間《すきま》からこぼれ落ちる。小さいときから知り合ってなかったら、他のクラスメイトと同じように気おくれしていたかもしれない。

「……楓《かえで》が笑ってるとこを見られたのは不覚だったけどさ。誰《だれ》にも言ってないみたいだし、そろそろ無視はやめてもいいんじゃない？」

「……なんか、私がいじめてるみたいなんだけど……」

尖《とが》らせた唇《くちびる》をつまんでみた。楓《かえで》は振《ふ》り払《はら》いもせず、納得《なっとく》していない顔で見つめてくる。可愛いなこやつは。

「なるほどなるほど？　ええと、『冷たい目で睨《にら》みつける』『話しかけられても無視をする』……」

「や、やめて、そこだけ切り取るとほんといじめみたいだから……っ」

「ふぶぶぶ……っ⁉　ちょ、顔を撫《な》でるのはやめんかー！」

謎《なぞ》の対抗策《たいこうさく》だった。両手で顔を撫《な》でられて変な声が出てしまった。

「まあ、今のは冗談《じょうだん》……でもないんだけど」

「う、うん……実際やってたことだし……」

「あ、ちょ、そんな凹《へこ》まなくてもいいから。ね？」

予想以上に落ち込む様子に慌《あわ》てる。

——人を傷つけ慣れている人などそうそういないだろうが、楓《かえで》は傷つくときの痛みを、きっと人よりもたくさん知っている。美鈴《みすず》はすべて知っているわけではないけれど、それでもたくさん、この子が傷を負うところを見てきた。だからこそ楓《かえで》は、自分が人を傷つけていたと気付くと、こうも落ち込んでしまうのだろう。

「まあまあ、明日楓《かえで》から挨拶《あいさつ》してさ、一言謝ればいいんじゃない？」

「え……難易度高い……休もうかな」

「おうこらええ度胸しとるやないかわれぇ」

「ふぶぶぶ……ちょ、顔撫《な》でるのやめてぇ……」

両手で綺麗《きれい》な顔を撫《な》でさすると、楓《かえで》はなぜか両腕《りょううで》をロボットみたいに動かした。

今日も親友が可愛《かわい》い。

第三章　ちょっとだけ縮む距離

「おはよう」

翌朝のこと。

隣《となり》の席についた楓《かえで》が発した挨拶《あいさつ》に、伊織《いおり》は身体の動きと思考を綺麗《きれい》に停止させた。

「……へ……っ？」

塩対応を通《とお》り越《こ》した死海対応がしばらく続いていた中での、とつぜんの挨拶《あいさつ》。それどころか、今まではぜったいに伊織《いおり》から挨拶《あいさつ》していたし、楓《かえで》は挨拶《あいさつ》ではなく会釈《えしゃく》でしか返さなかった。階段を三段くらい飛ばしている。小学生がはしゃいで転げ落ちて大泣きするやつだ。いや、落ち着け、俺。

「お、おは、よう……っ」

楓《かえで》の声は伊織《いおり》にしか聞こえないほど小さなものだった。周りに怪《あや》しまれないようにそろりそろりと挨拶《あいさつ》を返す。

なんだこの幸運は……帰り道で雷《かみなり》に打たれるくらいしないと帳尻《ちょうじり》が合わないぞ……と真面目に考えていると、楓《かえで》が薄《うす》い唇《くちびる》をもにょもにょさせていることに気付いた。

「えっと……どうしたの？」

「………」

楓《かえで》はなにか言いたそうな顔でこっちを見ている。可愛《かわい》い。いや、そうじゃなくて。

辛抱強《しんぼうづよ》く待っていると、楓《かえで》がほんのわずかに口を開いた。

「……その、今まで、ごめん」

「へぇぇぇ……っ？」

まったく予想していなかった言葉に、間抜《まぬ》け極《きわ》まる声をあげてしまう。

まさかあの死海（以下略）の楓《かえで》が謝るなんて――

「いくら度重《たびかさ》なる覗《のぞ》き行為《こうい》をしたからって、さすがに私もやりすぎたなって」

「その前置きって要《い》る？」

安心しきっていたら後ろから刺《さ》された心地《ここち》だった。

それでも楓《かえで》は両手の指を絡《から》め、唇《くちびる》をにゅっと尖《とが》らせて、ちらちらこちらを見つめてくる。

（まずい、死ぬ）

美鈴《みすず》にじゃれついたり笑《え》みを浮《う》かべるのとはちがい、この控《ひか》えめな仕草は自分に向けられている。心臓が破裂《はれつ》しそうだ。

「……はい、よくできましたー」

前に座っていた美鈴《みすず》が椅子《いす》ごと後ろを向き、ぱちぱちと拍手《はくしゅ》をする。伊織《いおり》も楓《かえで》も呆気《あっけ》にとられてしまった。

「というわけで、今日からは楓《かえで》の対応もうちょっとマシになると思うからね！」

「あー……その、めちゃくちゃありがとう」

「いいってことよー」

美鈴《みすず》が可愛《かわい》らしく胸を張り、拳《こぶし》で叩《たた》く。その様子を湊《みなと》が微笑《ほほえ》ましそうに見ていた。

×　×　×

「これはいけるんじゃないだろうか」

「……ん？」

その日の昼休み。

伊織《いおり》がふたたびグラウンドのベンチに誘《さそ》って切り出すと、湊《みなと》が笑《え》みを浮《う》かべたまま首をかしげた。

陽射《ひざ》しが徐々《じょじょ》に強くなっているため、今日は木陰《こかげ》を選んだ。吹き込む風が涼《すず》しいし、気分も昂揚《こうよう》している。

「湊《みなと》。涼原《すずはら》さんが話しかけてくれたぞ」

「そうだね、大きな一歩と言えるね」

「乾《かわ》ききった大地が花畑に変わったかのような気分だ」

「そ、そっか」

「これなら告白してもごはぁっ⁉」

湊《みなと》が笑顔《えがお》のまま、両わき腹にチョップをしてきた。

「落ち着こうね、この下郎《げろう》めが」

「ぐふぅ……っ。新しい罵《のの》りのレパートリーが……っ」

何事もなかったかのように湊《みなと》が購買《こうばい》のパンを食べ始める。伊織《いおり》もわき腹をさすりつつ弁当箱を開ける。今日は妹のひよりが弁当を作ってくれた。オムライスにはケチャップで『I♡コタロー』と書かれている。傍《はた》から見れば訳がわからないにも程《ほど》があるし、伊織《いおり》から見てもなんで俺に主張するのかと混乱した。味はいつも通り美味《おい》しい。帰ったら褒《ほ》めちぎろう。

「伊織《いおり》……いや、下郎《げろう》。僕がこのあいだ何て言ったか覚えてる？」

「呼称《こしょう》がひどすぎる……。あれだろ、アプローチは紳士的《しんしてき》に、だろ？」

「そうそう。それじゃあ今の伊織《いおり》の状況《じょうきょう》を整理すると？」

「ええと……」

「そうだね、『話しかけられただけで舞《ま》い上《あ》がって、大事なステップを根こそぎ飛ばそうとしている愚《おろ》か者《もの》』だね」

「よく晴れた真昼間に泣きそうなんだけど」

穏《おだ》やかな風がなぜか泣けてくる。

「そうか……いきなり告白するのはちょっとまずいんだな」

「ちょっとではないよ？」

「お、おう……」

穏《おだ》やかな風が吹雪《ふぶき》に変わった気がした。

「でも、このまま何もしないってのもなぁ……。あ、そうだ。連絡先《れんらくさき》を聞くくらいならいいだろ？」

「あー……なるほどね。うん、それくらいならいいんじゃない？　恋愛《れんあい》暴走機関車（すぐに脱《だっ》線《せん》する）の伊織《いおり》にしてはちゃんとした判断だと思う」

「さすがに罵《のの》りすぎだと思うんだが」

「だよね〜ごめんごめん」

自分の頭をてしっと叩《たた》いての完全なる棒読みだった。

「でも、実際いいと思うよ。もちろん会話のタイミングを図《はか》る必要はあるけど」

「だよなぁ……それがめちゃくちゃ難しい気がする……」

「がんばれがんばれ〜」

湊《みなと》がゆるゆると笑い、優《やさ》しい風が吹《ふ》く。

オムライスの最後の一口の塩っ気が一番ちょうどよく、少しだけ気持ちが上向きになった。

×　×　×

放課後になると湊《みなと》は即座《そくざ》に教室を出ていった。トークアプリには『僕がいるとやりづらいだろうから。がんばれ～』というメッセージ。美鈴《みすず》が教室の出口をしばらく見つめている姿がやけに印象的だった。

ちらりと隣《となり》を見ると、楓《かえで》と美鈴《みすず》が仲良く話している。幸い他の女子はいないが……。

（タイミングが……難しい……難しすぎる……っ！）

連絡先《れんらくさき》を聞く。ただそれだけの行動の難易度を思い知る。カバンの中でスマホを握《にぎ》りしめる手に汗《あせ》がにじむ。

初めは、楓《かえで》がひとりきりになるタイミングで聞くべきだと思った。美鈴《みすず》の立ち位置は、楓《かえで》にとって親友のようでもあり、保護者のようでもある。美鈴《みすず》も同席した状態で連絡先《れんらくさき》を聞くのは、親御《おやご》さんといる状態といっしょに思えて猛烈《もうれつ》に恥《は》ずかしい。

しかし、入学式の日から今日まで、ふたりでいないタイミングは見たことがなかった。美鈴《みすず》がひとりでいるときはあったが、その場合は楓《かえで》が家の用事で先に帰っていて……というケースだけだった。

つまり、楓《かえで》と美鈴《みすず》はふたりでワンセット。楓《かえで》に友達と呼べる人がいるのはすごくいいことなのだが、楓《かえで》へのアプローチを仕掛《しか》けようとしている状態ではどうにも困る。非常に困る。

（そうだ、トークグループを作ろうと提案するのは……いや、だめか）

湊《みなと》も加えて四人のトークのグループを作れば、その他大勢のひとりとして楓《かえで》の連絡先《れんらくさき》を知ることができる。しかしいきなり提案するのは怪《あや》しすぎるし、何より正攻法《せいこうほう》に思えない。ここはきちんと楓《かえで》に直接お願いしたい。

（やるしか……ないよな）

こうしてうじうじしているあいだにふたりは帰ってしまうかもしれない。

伊織《いおり》は机の下で拳《こぶし》を握《にぎ》りしめ、腹を括《くく》った。

「あー……涼原《すずはら》さん」

「……ん、なに？」

スマホをカバンから取り出し、勇気を振《ふ》り絞《しぼ》って声をかける。楓《かえで》はぎこちなさをにじませながらも返事をしてくれた。昨日までならまず考えられない状況《じょうきょう》。石器を使った翌日にVRのゲームを楽しんでいるくらいの進展だ。いや、落ち着け、俺。

「……えっと……どうしたの？」

話しかけておきながら固まっている伊織《いおり》に、楓《かえで》が小首をかしげる。銀の髪《かみ》がさらりと流れる様子に見惚《みと》れながらも、伊織《いおり》はなおも動けないでいた。雑巾《ぞうきん》なら引きちぎれそうなくらい勇気を振《ふ》り絞《しぼ》った直後なのでもう色々と限界だった。

「えーっと、その、俺、と、さ……っ」

トークアプリを開いた画面を見せれば意図は伝わるはず。液晶《えきしょう》を楓《かえで》に見せようとおずおずと手を動かすと——先に画面を見た美鈴《みすず》がくすりと笑った。

「あーはいはい！　佐久間《さくま》くん。わたしと交換《こうかん》しよっか」

「え？　あ、いや、俺は……」

「いいからいいから」

美鈴《みすず》がにこにこ顔を崩《くず》さないまま手際《てぎわ》よく連絡先《れんらくさき》を交換《こうかん》する。高校に入学してから初めて連《れん》絡先《らくさき》を知る女子が美鈴《みすず》になるとは。

「佐久間《さくま》くん、こっちでもよろしくねー」

「あ、うん、よろしく……」

アイコンに表示されているのはお団子頭のお団子部分だった。なぜここをチョイスしたのだろうか。

「美鈴《みすず》……？」

一連のやりとりに終始首をかしげていた楓《かえで》が、逆側にこてんと首をかしげる。なにその可愛《かわい》い仕草。

「はー、楓《かえで》は可愛いなーもう。気にしなくていいよー。そろそろ帰ろっか」

「……？　うん、わかった」

「あ……」

ふたりが立ち上がり、伊織《いおり》が情けなさ極《きわ》まる声を漏《も》らす。将を射んと欲《ほっ》すれば……とは言うが、伊織《いおり》としては将を射る気満々だったのだ。放とうとした矢を元気すぎる馬がばくりと咥《くわ》えて嚙《か》み砕《くだ》いたかのような感覚。

「それじゃー佐久間《さくま》くん、まったね～」

「あ……ああ、また……」

軽快な足取りで出ていく美鈴《みすず》に続いて、楓《かえで》が振《ふ》り返《かえ》ると。

「……また明日」

身体中に高速で熱い血が巡《めぐ》った。

「……っ！　あ、ああ、また明日！」

やけに大きい声が出てしまい、楓《かえで》が「はい？」と言わんばかりに眉《まゆ》をひそめた。とたんに冷たい血が全身を駆《か》け巡《めぐ》った。

×　　×　　×

ひとりでとぼとぼと帰る。湊《みなと》になんて報告したものか……と途方《とほう》に暮れながら遊歩道を歩いていると、トークアプリの通知音が鳴った。

相手は美鈴《みすず》だった。

『おつかれさま〜』

『おつかれっす』

ぼんやりした顔で歩きながら文字を打つ。

待つこと数秒。

『も〜ちょっとだけ仲良くなってから挑戦《ちょうせん》してみようか』

『(猫《ねこ》がにししと笑っているスタンプ)』

「……こんにゃろ……」

顔が熱い。歩きながらトーク画面を見つめてみるが、美鈴《みすず》からこれ以上のメッセージは届かない。

しかたなしに全身にタオルを巻かれた猫《ねこ》が「こんちくしょー」と言っているスタンプを送り、先ほどの美鈴《みすず》の振《ふ》る舞《ま》いを思い出す。

「……なんかもう、保護者というかボディガードって感じだったな……」

この子に手ぇ出すんなら、もうちょい気合入れて出直さんかい！　と団子頭の可愛《かわい》らしい少女がオラつく姿を想像したら思った以上に可愛《かわい》らしかったが、実際にこうもガードが硬《かた》いと心が折れそうになる。

深いため息をついていると、目の前をするりと猫《ねこ》が通った。

「あれ？　お前は……」

自然と頬《ほお》がゆるむ。おそらくではあるが、入学式の日に出会った茶トラ猫《ねこ》だった。

「にゃー？」

立ち止まって振《ふ》り返《かえ》った茶トラは、伊織《いおり》の周りをとてとてと回り、それからすりすりと頬《ほお》をこすりつけてくる。盛大《せいだい》に癒《いや》される。それと同時に、この子と戯《たわむ》れていた（？）楓《かえで》の姿を思い出す。

――もっとお近づきになりたい。そして笑顔《えがお》が見たい。欲を言えば笑顔《えがお》にしたい。

「……よし、俺は負けない」

ふたたび決意と握《にぎ》り拳《こぶし》を固める伊織《いおり》を見て、

「にゃー」

茶トラがのほほんとした声で鳴いた。

家に帰ると、コタローが出迎《でむか》えてくれた。

「みゃー。……みゃ？」

いつもはにょいっと立ち上がって伊織《いおり》を癒《いや》してくれるのだが、今日はどういうわけか伊織《いおり》の周りをくるくる、くるくる。

「コタロー？　どうした……あ」

先ほど茶トラが頬《ほお》をこすりつけていたすねの辺りを、コタローがくんかくんかしたかと思うと——。

「……みゃ！」

浮気《うわき》はあかんで！　と言わんばかりに立ち去ってしまった。

「コ、コタロー……っ！」

腕《うで》を伸《の》ばして慟哭《どうこく》していると、

「……お兄、何やってんの？」

リビングからひょっこりと顔を出したひよりが、実に怪訝《けげん》そうな顔をしていた。

このあと急いで着替《きが》えると、すぐにコタローは機嫌《きげん》を直してくれた。本当によかった。

×　×　×

とある昼休み。

今日はひとりでご飯を食べたい気分だった。どこで食べようかと校舎をうろついていると、美鈴《みすず》が職員室から出てくるところを見かけた。

（うわ、あぶないだろアレは）

美鈴《みすず》は資料の運び出しを頼《たの》まれたのか、いかにも重そうな箱をひとりで運んでいる。まるでハムスターが苦役《くえき》を負っているかのような光景だ。箱からは巻物のようなものがいくつも飛び出していて、美鈴《みすず》は前がろくに見えていないようだった。

手伝ったほうがいいか……と思った直後、

「あたっ」

美鈴《みすず》が廊下《ろうか》に置かれた消火器につまずき、箱を落としてしまった。大きな音が鳴り、何冊もの本やら地図やらが廊下《ろうか》に散らばった。美鈴《みすず》はつま先を押さえてうずくまっている。

「鹿岡《かのおか》さん！　大丈夫《だいじょうぶ》？」

「あー、佐久間《さくま》くん……わたしは大丈夫《だいじょうぶ》……あたたた」

ちょっと涙目《なみだめ》になった美鈴《みすず》が困ったように笑う。

「うん、怪我《けが》はしてないから大丈夫《だいじょうぶ》みたい。……って、うわー、箱の中身がぜんぶ出てる……え、佐久間《さくま》くん？」

美鈴《みすず》が怪我《けが》をしていないことに安心すると、伊織《いおり》はさっそく箱の中身を拾い始めた。

「お昼まだ食べてないでしょ？　いいよ、手伝わなくても……」

「そしたら鹿岡《かのおか》さんが食べる時間なくなるだろ？　俺は急いで食べればいいだけだから」

「……ん、そっか。ありがと」

美鈴《みすず》がやわらかな笑《え》みを浮《う》かべる。溌剌《はつらつ》とした印象が強い彼女だが、こんな顔もするのか……と驚《おどろ》いた。

ふたりで黙々《もくもく》と箱の中身を集める。

「え……重っ。なに、こんな重いの持ってたの？」

試《ため》しに持ってみると、ずしりと身体が沈《しず》んだ。自分よりも明らかに華奢《きゃしゃ》な体躯《たいく》の美鈴《みすず》がこんなものを持っていたのが信じられない。

「やー、先生も大変そうだったからさ。近くにいたのもわたしだけだったし」

美鈴《みすず》がぽりぽりと頬《ほお》をかく。大変なんですアピールをすることなく、それどころか伊織《いおり》にバレてしまったことが気まずいとでも言いたげな顔だった。

「どこまで運ぶ予定？」

「え？　あー……第一資料室」

階段を使ううえに、広い校舎を横断する位置にある部屋だ。

「……ぜったい危ないでしょ。ていうか先生も先生だな、鹿岡《かのおか》さんひとりに頼《たの》むなんて」

「え？　あ、ちょ、佐久間《さくま》くん？　いいよ、わたしが持ってくから……」

「いいのいいの。ここまできたら手伝わせて。片付けただけでいなくなるほうが後味悪いし」

そして、足音が止まる。なんぞやと振《ふ》り返《かえ》ると、美鈴《みすず》が目をぱちくりとさせていた。

口をふにっと「ω」の形にして笑う。可愛《かわい》らしいがなんだかワルい笑《え》みだ。

「お人好《ひとよ》しだね〜……やるじゃん、いおりん」

「……それって俺のこと？　おっ、ちょっ、こらっ、危ないっての！」

にんまりと笑ったまま伊織《いおり》の肩《かた》をてしてしと叩《たた》いてくる。

「今のいおりんの優《やさ》し〜いとこは、ちゃーんと楓《かえで》に伝えとくからね」

「へ⁉　い、いや……べつに、そんなこと……」

「抜群《ばつぐん》のにやけ顔でいわれてもねぇ……」

説得力って言葉知ってる？　とにまにましながら肩《かた》をぽんぽん叩《たた》かれ、ちょっとイラッとした。

「ここだよ。ありがとねー」

「いえいえ、どういたしまして」

第一資料室の鍵《かぎ》はかかっていなかったので、そのまま中に入った。埃《ほこり》くさい空間を想像していたが、日頃《ひごろ》から手入れされているのか室内の空気は澄《す》んでいた。

「静かで落ち着くなー……」

きょろきょろと見回しながら机に箱を下ろす。なんだかんだでそれなりに疲《つか》れている。美鈴《みすず》に運ばせなくて本当によかった。

背後でドアが閉まる音がした。

「……鹿岡《かのおか》さん？」

美鈴《みすず》がドアを背にしてうつむいている。

やがてその顔をゆるりと上げると、

「どう？　シリアスな雰囲気《ふんいき》出てた？」

「あのなぁ……」

肩《かた》の力ががくっと抜《ぬ》けた。

「お昼休みの時間を奪《うば》っちゃうから申し訳ないんだけど、この組み合わせってあんまりないでしょ？　だから、少しお話しできないかな～って」

「あー……たしかに」

美鈴《みすず》はいつも楓《かえで》と行動しているし、伊織《いおり》も湊《みなと》と話していることが多い。美鈴《みすず》とふたりきりで話す、というのは新鮮《しんせん》だった。

「女の子とふたりで話すのに、緊張《きんちょう》しないの？」

美鈴《みすず》が人差し指を頬《ほお》に添《そ》えてきゃるんと小首をかしげる。あざとい。実にあざといが……。

「いやまあ、お互《たが》い意識してないから……」

何気なく口にした言葉に、美鈴《みすず》が目をぱちくり、ぱちくり。

それから、ゆっくり、ゆっくりと……まるでつぼみから開花するところを早送りにするかのように、美鈴《みすず》の頬《ほお》が朱《しゅ》に染まる。

「……その件についての言及《げんきゅう》はお断りさせていただきます」

「そっか、わかった」

美鈴《みすず》がまたしても目をぱちくりさせる。ひよりもそうだが、その表情の豊かさを少しくらい楓《かえで》に分けてあげてほしい。

「こういう話って思春期高校生の大好物じゃないの？」

「なんでそんな達観してんだよ……。興味がないわけじゃないけど、無理やり聞き出したって誰《だれ》も幸せになんないだろ？　話したくてしょうがない人が話して、それが惚気《のろけ》なら祝福しながらイジればいいし、失恋話《しつれんばなし》ならカラオケにでも行っていっしょに歌えばいいって話」

実際にやったことはないが、もし湊《みなと》がいずれかの話をしたら実行する気満々だ。

「はぁ～……わたしもなかなかだと思ってたんだけど、いおりんもなかなか高校生らしくないね～」

「まあな」

ふたりそろって気の抜《ぬ》けた笑《え》みを浮《う》かべる。

「鹿岡《かのおか》さんは……」

「名前でいいよ」

「…………」

「それとも、名前呼びは楓《かえで》を一番乗りにしたい？」

「……美鈴《みすず》さん」

「あはは、からかってごめーんね」

てへっ、と舌を出す仕草がやたらと似合っている。楓《かえで》が同じことをしたら羞恥《しゅうち》のあまり死んでしまいそうだ。

「今、楓《かえで》のこと考えてたでしょ」

「ナンノコトデッシャロ？」

「ごまかし方が下手すぎる……」

スマホで時計を見る。昼ごはんは教室で急いでかき込めば間に合うだろう。

「美鈴《みすず》さんは……涼原《すずはら》さんと小学校までいっしょだったんだっけ？」

「そうだよ。わたしは近所の中学で、あの子はちょっと離《はな》れた女子中に行ってたんだー」

「そう……なんだ」

女子校は中高一貫《いっかん》で通うことが多いと聞く。なんだか色々と事情がありそうだ。

「ま、いおりんが考えてるほど重い事情はないと思うけどね？」

「これ以上俺の心を読まないでほしいんだけど」

「あっはっはー。顔に出すぎるのが悪いのです」

美鈴《みすず》の表情がふと翳《かげ》る。

「まあ、そこまで重いわけじゃあないんだけど……あの子もけっこう大変な道を通ってるんだよね」

「それは……俺が聞いても大丈夫《だいじょうぶ》？」

「幼い頃《ころ》に魔王《まおう》の配下に故郷の村を焼《や》き払《はら》われ、連れ去られた弟を取《と》り戻《もど》そうと冒険《ぼうけん》を続けたら、立ちはだかった魔王《まおう》の幹部がその弟で……」

「……想像の斜《なな》め上《うえ》の展開！」

シリアスな顔のまま饒舌《じょうぜつ》に話すものだから反応が遅《おく》れた。

「まあ、そんな愉快《ゆかい》痛快な冒険《ぼうけん》はないにしても……あの子は見てのとおり、男子と接するのが苦手なの。たぶん、いおりんが思ってる以上に」

「……美鈴《みすず》さんの前でしか笑わないのも、それが原因？」

美鈴《みすず》が目を見開き、髪《かみ》の毛《け》を人差し指にくるくると巻く。

「いおりんはよく見てるねぇ。まあ、原因に含《ふく》まれてるって感じかな？　あの子、人前にいるときはずーっと緊張《きんちょう》してるんだよ。授業中だろうと、休み時間だろうと。体調を崩《くず》すってほどじゃあないんだけど……ほんとにずっと身体が強張《こわば》ってるの。だから人前では笑わないっていうか、笑うに笑えないんだよね」

「なるほど……」

いくら伊織《いおり》をきっかけにした笑いが授業中に起ころうと、楓《かえで》だけは決して笑っていなかった理由がわかった。

「あくまで顔に出ないってだけで、本当はいおりんのことも面白《おもしろ》く思ってる……」

「え、ほんとに⁉」

思わず前のめりになるも、

「……かもしれない」

がくっと肩《かた》の力が抜《ぬ》ける。

「もしかしたら心底つまんないと思ってるかもしれない」

「本気で凹《へこ》むからやめて……」

うそうそ、と美鈴《みすず》が笑う。どうにも振《ふ》り回《まわ》されている気がする。

「涼原《すずはら》さんが笑ってるところを見れる人って……どれくらいいるんだろう？」

「んー……わたしと、あとは楓《かえで》の家族と……中学の友達はわかんないけど、わたしがわかる範《はん》囲《い》だとそれくらいかな」

だからね～、と美鈴《みすず》がにんまり笑う。

「もしいおりんが楓《かえで》と仲良くなって、楓《かえで》の笑顔《えがお》を見れるようになったら……それはもう偉業《いぎょう》と呼べるくらいすごいことなわけですよ」

「難易度たっけぇなぁ……」

口を「ω」の形にして笑う美鈴《みすず》に対して苦笑いを浮《う》かべる。中学が女子校だったことを鑑《かんが》みれば、楓《かえで》の家族以外の男は誰《だれ》一人として笑顔《えがお》を見たことがないのだ。生半可な道のりではなさそうだ。

「わたしが言うのもなんだけどさ、楓《かえで》ってかなりめんどくさいよ？」

「あ、それは知ってる」

「あははは！　即答《そくとう》だ！　あははは！」

ひいひぃ言いながら肩《かた》をばんばん叩《たた》いてくる。思いのほか痛い。

「それでもいいとなると……よっぽどあの笑顔《えがお》が気に入ったんだ？」

「…………」

「沈黙《ちんもく》を肯定《こうてい》と捉《とら》えます」

「逃《に》げ場《ば》がどこにもねえ……」

両手で顔を覆《おお》った。

「まあ、うん、あんな顔見たらね、そうなるよね」

「急に開き直った⁉　あはははは！」

またしても美鈴《みすず》が弾《はじ》けたように笑う。通りかかった人がいたら死ぬほどびっくりしそう。

「そういえば、いおりんも楓《かえで》の見た目のことをぜんぜん気にしないよねー」

「ん？　ああそうだな、ただ綺麗《きれい》としか思わないな。あと可愛《かわい》い」

「あははは！　開き直って褒《ほ》めちぎりだした！」

「いや、笑いすぎだっての……」

資料室にわずかに残る塵《ちり》やほこりを吹《ふ》き飛《と》ばしそうなほどの笑い声。

「はー、笑った笑った」

美鈴《みすず》は目じりの涙《なみだ》をぬぐったかと思うと、

「いおりんは思った以上にいいヤツだってわかって安心したよ。あと面白《おもしろ》い……ぷっ、くく……っ」

「ありがたいけど……いったいどこを思い出して笑ってんだよ……」

「体育のときだけ右ひざに不穏《ふおん》な痛み……ぷっ、くく……っ」

「そこ⁉ 今になってそこ⁉」

以前英語教師にイジられたときの記憶《きおく》だった。

「時間もないし、そろそろ戻《もど》るか」

「はーい。うんうん、いおりんと話せてよかった」

「あー……俺も、話せてよかった」

「これでちょっとでも恋愛《れんあい》感情があったら、今のやりとりでもドキドキしたんだけどねー」

「たしかにな」

目を合わせ、秘密を共有するかのように笑い合った。

×　　×　　×

教室で急いで昼ご飯を食べると、意外と間に合った。美鈴《みすず》はパンひとつをもきゅもきゅと食べただけだった。

「それだけで足りるのか？」

「今日は時間的にしょうがないからねー。夜にがっつり食べるよ。あーでも、夜に食べると太るかー」

「いや、どの時間帯に食べても太りやすさにほとんど影響《えいきょう》はないらしいぞ。けっきょくは一日の総カロリーの問題らしい」

「へー、そうなんだ」

「…………」

「…………」

伊織《いおり》と美鈴《みすず》のやりとりを、湊《みなと》と楓《かえで》がじぃっと見つめていた。湊《みなと》は伊織《いおり》を、楓《かえで》も……伊織《いおり》を。

「伊織《いおり》……？」

「え、どうした湊《みなと》？　なんか笑顔《えがお》がすげぇ怖《こわ》いんだけど……」

「パパラッチが美鈴《みすず》をとった……」

「呼び方はそのままなの⁉　ていうか別にとってないっての！」

「伊織《いおり》、事情説明を求む」

「美鈴《みすず》、事情説明を求む」

湊《みなと》と楓《かえで》の言葉に、伊織《いおり》と美鈴《みすず》が困ったような笑《え》みを浮《う》かべる。

左右に分かれてごにょごにょと話すこと、しばし。

「……なるほどね、そういうことなら」

湊《みなと》はとりあえず納得《なっとく》したが、楓《かえで》は。

「…………」

伊織《いおり》をちらりと見やり、唇《くちびる》をにゅっと尖《とが》らせただけだった。喜怒哀楽《きどあいらく》のどの表情なんだよ……とは思うものの、普段《ふだん》見ることのない可愛《かわい》らしさに悶絶《もんぜつ》する。

もうじき先生が来るな……と教科書の準備をしていると、

「……がと」

隣《となり》の席から、消え入りそうな言葉が聞こえた。

「へ？　涼原《すずはら》さん、今なんて……」

顔を上げると、楓《かえで》はノートで目から下を隠《かく》していた。唯一《ゆいいつ》覗《のぞ》いている蒼《あお》い瞳《ひとみ》が、躊躇《ちゅうちょ》しながらもはっきりと伊織《いおり》を見つめている。

――今までぜったいに目を合わせなかったのに……。

心臓ががんじがらめになり、教室の喧騒《けんそう》が遠のいた。

「美鈴《みすず》を助けてくれて……ありがと。……パパラッチのくせに」

全身の力が抜《ぬ》け落《お》ちた。

「最後のヤツ要《い》る？　ぜったい要《い》らないよな？」

ぷいとそっぽを向いてしまう。お礼くらい素直《すなお》に言ってくれよ……と思うも、この感じがまた可愛《かわい》らしいと思ってしまうのだからどうしようもない。

「あばたもえくぼ、ってやつだね」

「おい湊《みなと》、うるさいぞ」

「ん？　僕はべつに伊織《いおり》のことを見て言ったわけじゃないよ〜」

「こいつ……」

糸のように目を細めて笑う友人に、ぎりりと歯噛《はが》みをした。

(でも……なんだかんだで前には進んでる……よな？)

挨拶《あいさつ》を交《か》わせるようになり、親友である美鈴《みすず》と仲を深め、お礼まで言われた。

これなら少しくらい希望を持っても——

「パパラッチがニヤけてる……」

「……っ!?」

勢いよく隣《となり》を見たが、楓《かえで》はすぐにノートで顔を隠《かく》した。腹が立つけど可愛《かわい》い……！　とふたつの感情が脳内でぶつかり、表情筋がバグりそうになった。

× × ×

楓《かえで》との距離《きょり》が少しずつ縮まっている手応えをつかみながらも、伊織《いおり》は焦《あせ》っていた。

彼女のことを意識していれば、自然とその周りのことにも気付くようになる。

クラスの男子、同学年の男子、そして先輩《せんぱい》の男子……あらゆる野郎《やろう》共が楓《かえで》を遠巻きに眺《なが》めている。話しかける人はいないものの、楓《かえで》を見つめる男子の数は日に日に増えていた。

彼らに先んじられたらどうしようとは思うものの、湊《みなと》が言うように焦《あせ》っても仕方がない、ということもわかっている。第一楓《かえで》に近付いたところで、大半の男子はろくに話すこともできないだろう。できないはずだ。できないと信じたい。

さらに伊織《いおり》は、楓《かえで》の笑顔《えがお》がもういちど見たいという衝動《しょうどう》に強烈《きょうれつ》に駆《か》られていた。真顔とちがって日常的に見ることのできない顔。いちど楓《かえで》に頼《たの》み込《こ》もうかと本気で考えたが、湊《みなと》に相談してみたところ「ん？　なんて？」と笑顔《えがお》のまま返されて心が折れた。

やっぱり頼《たの》み込《こ》んでどうにかなるものでもないよな……と思う一方で、楓《かえで》のことはできることなら自分が笑わせたい、と強く思うようにもなった。人を笑わせることが好きな伊織《いおり》にとって、楓《かえで》を自分の手で笑わせることは至上命題になっていた。

悶々《もんもん》とした日々を過ごす中で、とある放課後に伊織《いおり》は。

「湊《みなと》。ホラゲ実況《じっきょう》をいっしょに観よう」

「急にどうしたの？」

おどろおどろしいサムネイルを表示させたスマホを片手に、友人に頼みごとをしていた。ホームルームが終わってしばらく経《た》ち、部活をしている生徒はみんないなくなっていた。あとは数組だけ教室に残って雑談をしている。

「俺、実はこの実況《じっきょう》の人がめちゃくちゃ好きなんだわ」

「ふむふむ」

伊織《いおり》が好きな実況《じっきょう》配信者は、ホラゲに限らずあらゆるゲームを楽しんでいた。FPSのようなゲームで絶叫《ぜっきょう》をあげることもあれば、ゆるさ極《きわ》まるゲームでのんびり雑談をすることもある。声が中性的でいまだに男性か女性かわからない……というミステリアスさも気に入っていた。

「このホラゲって最近話題になってるやつだよね？」

湊《みなと》がスマホ画面をひょいと覗《のぞ》き込《こ》む。

「そうそう。ゲーム自体も気になるし、この実況者《じっきょうしゃ》も好きだから見るしかないなって」

「それで、なんで僕に？」

「家で観ると眠《ねむ》れなくなるからに決まってるじゃないですか〜」

「知らないし、急に敬語になられてもね〜」

　まあまあ冷えた声音《こわね》で言われ、心臓がきゅっと締《し》まった。

「僕、『実は〜』って言う人も好きじゃないんだよね。全員があなたのことを知っていてなじみがあるとでも？　って思っちゃって」

「急にどうしたんだよ」

　友人の毒がにじみでた。継続《けいぞく》ダメージを食らいそう。

「べつにいっしょに観るのはいいけどさ、それなら伊織《いおり》の家でも……ああ、なるほどね」

　湊《みなと》がちらりと教卓《きょうたく》のほうを見やって微笑《ほほえ》む。楓《かえで》と美鈴《みすず》が教卓《きょうたく》を挟《はさ》んで雑談していた。ついさっきまで他の女子もいたがもういなくなっていて、ふたりだけがそのまま残って話を続けている。

「伊織《いおり》はいじらしいねぇ」

「……うるさいっての」

　糸のように目を細める友人の肩《かた》を小突《こづ》こうとしたら回し受けで弾《はじ》かれた。見た目にそぐわず動きのキレが良すぎる。

「それじゃあまあ、観てみますか」

「あ、待った。めちゃくちゃどきどきしてきた。ちょっと待って」

「……。じゃあ僕は伊織《いおり》がウォームアップしてるあいだにホラー動画を観まくるとしますか〜」

「やめろやめろ、履歴《りれき》が暗いサムネだらけになるだろうが！」

再生リストに入れ忘れた動画をチェックする際に心臓が縮こまりそうだ。

「時間はどれくらい？」

「実況《じっきょう》自体は二時間くらいあるけど……まあ、二十分くらい付き合ってくれれば充分《じゅうぶん》だな」

「あんまり長く観てても、途中《とちゅう》で帰っちゃうかもだしねー」

「あん？」

「田舎《いなか》のヤンキーみたいな怒《おこ》り方《かた》だね～。白を基調にして金のラインが入ったジャージを着てコンビニの前にたむろしてそう」

「具体的すぎる妄想《もうそう》はやめてくれ……すげぇ弱そうじゃねぇか……。ヤンキー座りしてるのに小さい缶《かん》の甘いカフェオレを飲んでそうだな」

湊《みなと》がぷふーと噴《ふ》き出《だ》す。同じ男子であることを一瞬《いっしゅん》忘れるくらい愛嬌《あいきょう》のある仕草。

「ん？」

教卓《きょうたく》からも笑い声が聞こえたと思ったら、美鈴《みすず》が両手で口を押《お》さえて顔をそむけていた。

楓《かえで》はいつもの無表情のまま美鈴《みすず》を見つめている。しかしその眼差《まなざ》しはほんのりとやわらかい。

「涼原《すずはら》さんってさ、あの表情のままで何でもできそうだよな」

「特殊《とくしゅ》メイクでいいから顔に返り血を浴びてみてほしいね」

「ぶふっ……くく……っ、こ、殺し屋だ……完全に殺し屋だ……っ」

殺気を感じた。

「「ひぇっ」」

伊織《いおり》と湊《みなと》が同時に細い悲鳴を漏《も》らす。楓《かえで》が無表情のままわずかに目を見開いている。聞こえたのか聞こえてないのかわからないが、なんにせよ怖《こわ》い。怖《こわ》すぎる。

(申し訳ない))

伊織《いおり》と湊《みなと》がそろって手を合わせ、楓《かえで》に黙礼《もくれい》する。楓《かえで》はちょっとだけ目を見開き、ぷいと顔をそむけ、しっしっと手で払《はら》った。美鈴《みすず》はそのやりとりを楽しげに眺《なが》めている。

「……なんかいいな、こういうの」

「伊織《いおり》は女性に冷たくあしらわれるのが好きなの？」

「わかってて言ってるだろお前……。あと俺にそういう趣味《しゅみ》はない。そういう趣味《しゅみ》の人を否定するわけじゃなく、単純にそういう趣味《しゅみ》がない」

「生配信をしてる人くらい発言に気を遣《つか》ってるね」

「普段《ふだん》からそういう人たちの動画を観てるから、うつったのかもな……」

ひと息ついた直後、湊《みなと》がなんの躊躇《ちゅうちょ》もなく動画の再生ボタンをタップした。

「え、ちょ、おま、何してんの？　何してくれてんの⁉」

「動画をいっしょに観ようって提案したのは誰《だれ》だっけー？」

「い、いや、俺だけど……」

気がつけば教室には伊織《いおり》と湊《みなと》、楓《かえで》と美鈴《みすず》の四人しか残っていなかった。ここで声を荒《あら》げると女子ふたりに筒抜《つつぬ》けになってしまうので猛烈《もうれつ》に恥《は》ずかしい。声をひそめて応酬《おうしゅう》する。

動画内ではゲーム画面が表示された状態で、実況者《じっきょうしゃ》がゆるゆるの挨拶《あいさつ》をしていた。『ダイエットしたいんですけど何からしたらいいですかねー？』という言葉に対し、ちょっとしたアドバイスからガチのものまであらゆるコメントが次々と流れていく。数百円から数千円の投げ銭も開始数分で数えきれないほどにもらっている。チャンネル登録者数は数万人ほどだが、視《し》聴者《ちょうしゃ》とのやりとりを活発に行なっていて熱烈《ねつれつ》なファンが多い。

「わー、だいぶ怖《こわ》そうだねー」

湊《みなと》がのんきな声音《こわね》でつぶやく。このホラーゲームは女子高生が行方《ゆくえ》不明になった親友を探しに夜の街をさまようという内容で、選ぶ行動によっては学校や病院など、どう転んでも怖《こわ》いであろう場所に向かうようになっている……ということまでは知っていた。

『このゲームは昨日チュートリアルをチェックしただけなんですけど……どう動くかによって親友を探しに行く場所が変わるんですよね？　うーわ超怖《ちょうこわ》い……夏祭りに遊びに行く流れになったらどうしよう……』

チャット欄《らん》で「どういう心配の仕方ｗｗｗ」「不安のベクトルが斜《なな》め上《うえ》で草」「それもはやホラゲじゃなくね？」などのコメントが次々と流れていく。生配信はチャットを眺《なが》めるのも醍醐《だいご》味《み》のひとつだ。

女子高生のセリフがしばらく続いたあと、夜の街を歩きはじめる。わかりやすくするためか制服を着ていた。

「すぐに補導されそうな格好だな……とか思うとゲームに集中、でき、ないん、だよ、なー」

「ビビってぷるぷるしながら言うことじゃないと思うんだけど……」

湊《みなと》が苦笑《くしょう》する。

女子高生が街の人に聞き込みをしていると、よりにもよって夜の学校に探しに行くルートに突入《とつにゅう》した。

「はい怖《こわ》いよ、一番生活に影響《えいきょう》が出る展開になってきたよー」

「伊織《いおり》、虚《うつ》ろな目になるのやめて……素できもちわる……心配になるから」

友人の冷徹《れいてつ》な罵《ののし》りでちょっと我に返った。

「おどろおどろしい古びた洋館とかに行くヤツも怖《こわ》いんだけど……こういう、日常に結びついたものって余計に怖《こわ》いんだよな」

「わかるわかる。シャワーを浴びてるときの怖《こわ》い話とか聞くと夜に思い出しちゃうよね。あ、そういえばこのあいだ動画で観た怖《こわ》い話なんだけど……」

「ホラゲ実況中《じっきょうちゅう》に怖《こわ》い話をぶっ込んでくるってどういう神経してんだ……？　激辛のカレーを食べてるときに中辛《ちゅうから》のキムチを食べるようなもんだぞ？」

「伊織《いおり》、怖《こわ》がりすぎて例え方がおかしくなってるよ。ぜんぜんピンとこない」

「今の俺に正常な思考力を求めるな……」

女子高生が校門にたどりつく。どういう訳か校門は閉まっていない。

『なんだか誘《さそ》われてるような気がする……』

「「そんなわけないじゃないですかぁー……」」

女子高生のつぶやきに、伊織《いおり》と実況者《じっきょうしゃ》の声が重なる。奇跡的《きせきてき》に一言一句同じだった。

昇降口《しょうこうぐち》もなぜかドアが開いている。女子高生がアップになって考え事をするたびに、気配を感じるのかしきりに振《ふ》り向《む》く仕草がやたらと生々しい。

「怖《こわ》がってるときって何でも怖《こわ》いものに見えちゃうよね～」

「幽霊《ゆうれい》の正体見たり枯《か》れ尾花《おばな》、だな。あとはシミュラクラ現象だな、シミュラクラ現象」

「伊織《いおり》の早口が止まらない……」

このゲームにはゾンビなどのわかりやすい敵キャラは登場しない。その代わりに、ただただゲームプレイヤーの心臓を凍《こお》らせるようなことが起きる。

『この教室も……何も手がかりはない、か』

女子高生が教卓《きょうたく》の中を調べ、出て行こうと振《ふ》り向《む》く。

入口におかっぱ頭の小さな女の子が立っていた。

「うおわぁっ⁉」

伊織《いおり》が飛び上がり、

「っっっ⁉」

美鈴《みすず》と話していた楓《かえで》も飛《と》び跳《は》ねた。湊《みなと》は平然として伊織《いおり》の反応を眺《なが》めている。

「お～い、楓《かえで》～？　だいじょうぶ～？」

教卓《きょうたく》の陰《かげ》に隠《かく》れてしまった楓《かえで》に美鈴《みすず》が呼びかけている。どうやら相当驚《おどろ》かせてしまったらしい。ごめんなさい。

「伊織《いおり》、大丈夫《だいじょうぶ》？　ここからもっと怖《こわ》くなると思うけど？」

「だ、大丈夫《だいじょうぶ》だ……俺ならできる、俺ならできる……」

「不安しかないなぁ……」

湊《みなと》のつぶやきを聞きながらも画面に見入る。おかっぱの女の子はすぐに姿を消していた。女子高生が慌《あわ》てて廊下《ろうか》に出るも見当たらない……と思いきや、廊下《ろうか》の曲がり角に立っている。先ほど現れたときとちがい、今度は何かを持っている。

女の子がアップで映る。

誰《だれ》かの腕《うで》を持っていた。

「――――っ」

悲鳴をあげそうになり、しかし先ほどの楓《かえで》の反応を思い出して己《おのれ》の反射を押さえ込んだ結果、無言で飛《と》び跳《は》ねた。湊《みなと》と美鈴《みすず》が噴《ふ》き出《だ》す。

（あれ、涼原《すずはら》さん……は……）

教卓《きょうたく》に両手の指を引っかけ、目から上をそろりと出している。森で見かけるリスのような愛くるしさに伊織《いおり》が悶《もだ》える最中も、ゲームの緊迫度《きんぱくど》は加速していく。クラスメイトへのドキドキとゲームのドキドキで心臓がパニック状態だ。

「うーん、このホラゲよりも、実況者《じっきょうしゃ》よりも、伊織《いおり》のリアクションが楽しみになってきた」

「くっそぉ……何をそんな呑気《のんき》なことぅおぉいっつっ」

女の子を追いかけて角を曲がると、廊下《ろうか》に切り落とされたかのような腕《うで》がぽつ、ぽつと落ちていた。伊織《いおり》がまたしても飛《と》び跳《は》ねる。あやうく首を痛めるところだった。

「伊織《いおり》にホラゲ実況《じっきょう》の実況《じっきょう》配信をしてほしいな……」

「なんだその、ティッシュ配りのバイトを見張るバイトみたいな立ち位置は……」

万華鏡《まんげきょう》みたいな話だった。それかマトリョーシカ。

「この腕《うで》は作り物だ……そうだきっと作り物にちがいない……」

「夜中に小さな女の子が作り物の腕《うで》を校舎に置くかなー？」

「具体的に問《と》い詰《つ》めるなよ……俺は夢を見たいんだ……」

「伊織《いおり》がどんどん愉快《ゆかい》になってる……」

声が大きくなって会話が筒抜《つつぬ》けになっていたようで、美鈴《みすず》は口を手で隠《かく》してずっとぷるぷるしている。楓《かえで》も立ち上がり、ちらちらこちらを見ていた。

（ん？）

美鈴《みすず》は伊織《いおり》の反応を見るたびに笑っている（けっこう腹が立つ）が、その視線がたびたび湊《みなと》のほうに向くことに気付く。湊《みなと》が教卓《きょうたく》のほうを見るとすぐにその視線を逸《そ》らしていた。

女子高生が腕《うで》からできるだけ遠ざかるように、廊下《ろうか》の端《はし》を慎重《しんちょう》に、慎重《しんちょう》に歩いていく。

「伊織《いおり》。たぶんこのあと死ぬほど怖《こわ》いことが起きそうだから、覚悟《かくご》しておかないと――」

女子高生が落ちている腕《うで》から遠ざかり、ほっとして顔を上げる。

『か……よ、ちゃん……なん、で、きちゃったの……っ』

壁《かべ》に浮《う》かび上《あ》がったほの白い顔がすすり泣き、女子高生の名前を呼んでいた。

女子高生が顔を強張《こわば》らせ、数歩後ずさる。

静かな夜の校舎で、ずる、ずる、と気味の悪い音が鳴った。

女子高生が振《ふ》り向《む》く。

先ほど落ちていた腕《うで》が、女子高生のもとへずるずると這《は》い寄《よ》ってくる。

『かよちゃん、かよちゃん、なんで来ちゃったのもうダメ逃《に》げられない逃《に》げられない逃《に》げられない逃《に》げられない』

怖《こわ》さが一瞬《いっしゅん》で臨界点を超《こ》えた。

動画アプリを神速で閉じ、恐怖《きょうふ》を少しでも発散させるにはどうすればいいかを本能で判断した結果――

「……えっと、伊織《いおり》？」

立ち上がり、気を付けをしていた。軍隊仕込《じこ》みと言わんばかりの綺麗《きれい》な姿勢。空が青い。

「……もう無理だった」

「うん、見ればわかるよ……」

「人って、恐怖《きょうふ》が限界を超《こ》えると気を付けをするんだな」

「それ、伊織《いおり》だけだと思うよ」

「いやちがう。湊《みなと》、お前だって度が過ぎた恐怖《きょうふ》を味わえば気を付けをするにちがいない」

背すじをぴんと伸《の》ばしたままで問答をしていると、

「……ぷっ」

「……え？」

小さく噴《ふ》き出《だ》した声に振《ふ》り返《かえ》る。てっきり美鈴《みすず》かと思ったが、彼女はきょとんとした顔で楓《かえで》を見ていた。

「伊織《いおり》？　どうしたの？」

湊《みなと》には聞こえていなかったらしい。楓《かえで》はスン……と澄《す》ました真顔になっているが、明らかに小刻みに震《ふる》えている。

「たしかにこのホラゲは怖《こわ》いね。伊織《いおり》はもうちょっと怖《こわ》くないゲームのほうが……」

湊《みなと》が動画アプリを開いて眺《なが》めていると、ふたたび、

「……ぷふ……っ」

小さく、本当に小さく噴《ふ》き出《だ》す声。今度は見ているからわかる。澄《す》ました顔をした楓《かえで》の薄《うす》い

唇《くちびる》がわずかに開いていた。

伊織《いおり》と楓《かえで》の目が合う。

「…………」

楓《かえで》が教卓《きょうたく》に置いてあるノートを無言で手に取り、目から下を隠《かく》した。そして一連の流れを見てにまにましていた美鈴《みすず》の二《に》の腕《うで》をてちてちと叩《たた》く。

「いたっ！　ちょ、楓《かえで》っ、八つ当たりにも程《ほど》があるでしょ!?」

かしましいやりとりを伊織《いおり》は呆然《ぼうぜん》と眺《なが》め、湊《みなと》は「なになに、どうしたの？」と首をかしげている。

「はぁ～……いおりんは面白《おもしろ》いねぇ」

美鈴《みすず》が楓《かえで》の頭やら背中やらを大型犬をなだめるがごとく撫《な》でたあと、しみじみとつぶやきながら伊織《いおり》と湊《みなと》のもとへやってくる。楓《かえで》はほんのりと顔を赤くしたまま、美鈴《みすず》の後ろをついてきた。

「俺はただ、動画で驚《おどろ》いてるだけだから……」

「それが面白《おもしろ》いんだって。こーんなふうになってたよ？」

美鈴《みすず》が先ほどの伊織《いおり》を真似《まね》して、ぴーんと背すじを伸《の》ばす。楓《かえで》は美鈴《みすず》が気を付けをする寸前に顔をそむけていた。それでもぷるぷるしているが。

「さっきのは惜《お》しかったね～いおりん。わたしとふたりきりだったら、楓《かえで》はぜったい笑ってたよ」

「え……ほんとに？」

「ちょっと、美鈴《みすず》……っ」

楓《かえで》が美鈴《みすず》の二《に》の腕《うで》をちょんとつまむ。その表情はいつもとちがってどこか幼い。

「ま〜そう簡単にはいかないよね〜。この子は顔面アハ画像だからいひゃいいひゃいいひゃい！」

楓《かえで》が唇《くちびる》を尖《とが》らせ、美鈴《みすず》の頬《ほお》を右に左にみょんみょんと伸《の》ばす。感情をむき出しにした仕草は想像以上に無防備で愛らしく、その光景にしばし見惚《みと》れてしまった。

「いう（ギブ）、いう（ギブ）ー！」

耐《た》えかねた美鈴《みすず》が楓《かえで》の腕《うで》をタップして、ようやく解放される。

「はぁ……。あ、いおりんと湊《みなと》くんは何見てたの？」

「ホラゲ実況《じつきよう》だよ。こんな感じ」

湊《みなと》がスマホ画面を向けようとした瞬間《しゆんかん》、楓《かえで》が美鈴《みすず》の背中に隠《かく》れた。

（はやっ⁉）

楓《かえで》は身長が高めなのだが、小動物ではと思うほどに動きが速い。

「おー、こりゃまた怖《こわ》そうな……。……楓《かえで》はたぶん、観たら寝《ね》れなくなるよ」

そろりそろりと肩口《かたぐち》から覗《のぞ》こうとしていた楓《かえで》の頭を、美鈴《みすず》がむぎゅっと押す。

「……でも、ちょっと興味ある……」

「涼原《すずはら》さん、ホラーに興味あるの？」

伊織《いおり》の質問に楓《かえで》が目をぱちくりさせ、いったん顔を隠《かく》し、またひょいと目から上を覗《のぞ》かせる。

「興味はある……けど、何かと後悔《こうかい》しがち……。……パパラッチに質問された……」

「週刊誌記者の突撃《とつげき》取材みたいな言い方やめてね？」

湊《みなと》と美鈴《みすず》が噴《ふ》き出《だ》し、楓《かえで》が顔を隠《かく》す。笑いをこらえているのだったら嬉《うれ》しい。

楓《かえで》がちらちらとスマホの画面を見ている。

「見ちゃだめだよ、楓《かえで》」

「……ほんとにだめ？」

なんだか母娘《おやこ》みたいなやりとりだ。微笑《ほほえ》ましい。

「もし見たら、夜は電話も一切《いっさい》しないし助けてあげないからね」

「うぐ……それは……困る……とっても困る……」

楓《かえで》が美鈴《みすず》の後ろにするすると頭を引っ込める（山に沈《しず》む夕陽《ゆうひ》みたいだ）と、そこからぴょこんと顔を出した。

「メッセならどうでしょうか……？」

「確認《かくにん》はするけど返信はしないから」

「ふぐぅ……っ」

なんとも気の抜《ぬ》けた声。親友の前ではこうも無防備な顔を見せるのか……と思ったが、その姿を自分にも見せてくれているのが嬉《うれ》しい。内心悶《もだ》えているのを見透《みす》かしたのか、美鈴《みすず》がにまにまと笑いながらこちらを見ているのは腹が立ったが。

「鹿岡《かのおか》さんと涼原《すずはら》さんはほんと仲がいいよね」

湊《みなと》の言葉に、美鈴《みすず》の頬《ほお》がほんのり朱《しゅ》に染まる。

「まあね～。でも、それを言ったら小野寺《おのでら》くんといおりんもでしょ？」

美鈴《みすず》が湊《みなと》の肩《かた》にするりと手を伸《の》ばし、すぐに引っ込めた。伊織《いおり》に対しては気軽にスキンシップをするからこそわかるが、今、確実に湊《みなと》の肩《かた》にぽんと触《ふ》れようとしていた。

（資料室ではあんなに気軽に触《ふ》れてたのに……）

美鈴《みすず》は引っ込めた手の指をもぞもぞと動かしている。いじらしいなぁ……と伊織《いおり》が微笑《ほほえ》んでいると、なぜか楓《かえで》に睨《にら》まれた。どうやらこのふたりは相互《そうご》に守り合っているようだ。

Interlude

「ねー楓《かえで》、べつに笑うのを隠《かく》さなくてもいいんじゃない？」

帰り道の遊歩道でふと美鈴《みすず》が切り出す。陽気がよほど心地《ここち》好《よ》いのか、カバンを持ったままくるくる回っている。可愛《かわい》い。

「だって……恥《は》ずかしい」

美鈴《みすず》の動きがぴたりと止まった。

「は？　可愛《かわい》い」

「美鈴《みすず》……真顔でじりじり近付いてこないで……普通《ふつう》に怖《こわ》い……」

人通りが多く明るい道でのちょっとしたホラー。斬新《ざんしん》だ。

「ふふふ……怯《おび》える楓《かえで》も可愛《かわい》いなぁ……じゅるり」

小動物な親友が調子に乗ってきたところでスマホを取り出す。

「通報します」

「ごめんなさい許してください」

お辞儀《じぎ》する代わりに抱《だ》きついてきた。謝罪で抱《だ》きつく意味はわからないが、美鈴《みすず》に抱《だ》きしめられると安心する。

「……べつに、笑うのがいやってわけじゃないから」

気が抜《ぬ》けたついでに、ぽろりと本音がこぼれた。

「……うん、知ってる。表情筋が弱りきってるから、一回笑うと一週間以上筋肉痛になるんだよね？」

むっ。

「私そんなにザコじゃない……やっぱり通報する……」

「おまわりさんにも迷惑《めいわく》だからほんとやめてー！」

おでこをぐりぐりとこすりつけられて変な声が出そうになった。小芝居《こしばい》で目を潤《うる》ませた美鈴《みすず》と目が合い、ふたりそろってぷっと噴《ふ》き出《だ》す。

「なんか今日は楓《かえで》ともっと話したいかも。どっか寄ってこっか」

「うん」

「そうと決まれば作戦会議だー！」

勢いよくベンチに腰《こし》を下ろす美鈴《みすず》にくすりと笑い、隣《となり》に座る。

美鈴《みすず》が取り出したスマホを覗《のぞ》き込《こ》み、ふたりでどのお店に行くかを話し合いはじめた。

親友と過ごす時間は、いつも優《やさ》しい。

第四章　埋まる外堀

ゴールデンウィークを過ぎてふたたび学校が始まった。入学式の頃《ころ》は咲《さ》き乱《みだ》れていた桜も散り、今は青々とした木々の葉が通学路の遊歩道を彩《いろど》っている。

大型連休は、できることなら楓《かえで》と少しでも会って話すことはできないか……と思っていた。

しかし連絡先《れんらくさき》も知らず、これなら名案だと思った伊織《いおり》、湊《みなと》、楓《かえで》、美鈴《みすず》の四人で遊ぶという案も、美鈴《みすず》によってあっさりかわされてしまった。

『むっふっふ……そういうお誘《さそ》いはまだちょーっと早いんじゃないかな～？』

『字面《じづら》でそういう笑い方を見るとだいぶ滑稽《こっけい》だな』

『オッケー、楓《かえで》にいおりんの悪評を力の限り吹き込んであげるね♪』

『土下座の自撮《じど》りでよろしいでしょうか』

『いおりんのそういう切《き》り替《か》えの早さ、きらいじゃないよ』

などのやりとりをしたが、そのあともしばらく話を聞いてみると、どうやら楓《かえで》は休みのときに人と遊ぶという概念《がいねん》自体がなく、『外に遊びに行く』というよりは『家族、もしくは極《きわ》めて近しい人と遊びに行く』という表現がしっくり来るとのこと。今は家族以外では美鈴《みすず》としか遊びに行こうとしないらしい。

『小学校のときは、もうちょっと積極的に外に遊びに出てたんだけどねぇ』

美鈴《みすず》が何の気なしに打った文字に、少しだけ胸が締《し》め付《つ》けられる。楓《かえで》は中学だけ女子校に行っていたと聞いた。美鈴《みすず》によればトラウマになるようなひどい出来事があったわけではないらしいが、それでもきっと、色々あったのだろう。

「なあ湊《みなと》」

「ん～？」

「よくアニメで、悲惨《ひさん》すぎる過去を持った人って登場するだろ？」

「たしかに、『ヒロインの隠《かく》された過去が……』みたいな煽《あお》りはよく見るね」

「別にそういうのは否定しないっていうかぜんぜん賛成なんだけど、そういう過去の出来事ってゼロか百かでは括《くく》れないと思うんだよな」

「ふむ。その心は？」

「悲惨《ひさん》すぎる過去を持つ人はたしかにいるし、何のつらさも味わったことがない人もいるかもしれない。でも、大多数の人は『過去にそれなりにしんどいことがあった』人だと思うんだわ」

「それは……うん、たしかにそうだろうね」

「なかなか言葉にするのが難しいんだけど、俺はそういう、人の『ちょっとしんどかった過去』に寄《よ》り添《そ》うことができたらいいな、って週イチくらいで思ってる」

「高一でよくぞその境地に……。ところで伊織《いおり》、ひとつい い？」

「ん？」

頬《ほお》に伝った汗《あせ》を手《て》の甲《こう》で拭《ぬぐ》う。

「この話……真昼間の外でする話かなぁ？」

「たしかに」

体育のサッカーの休憩中《きゅうけいちゅう》だった。容赦《ようしゃ》のない陽射《ひざ》しがふたりを炙《あぶ》る。

「そっち行ったぞー！　カバー入ってー！」

「攻《せ》めろ攻《せ》めろー！」

「今だー！　行けー！」

威勢《いせい》のいい声が飛《と》び交《か》い、乾《かわ》いたグラウンドの上で白と黒のボールが跳《は》ねまわる。お調子者が全力でボールを蹴《け》り、ゴールのはるか上を舞《ま》ってしまって笑いが起こった。

「いきなりこんな話をするのは、暑いのが原因かもしれない……」

「たしかに、これだけ暑ければ伊織《いおり》の頭もバグるよね……」

「さりげない毒で少し頭が冷えましたけども」

今日の最高気温は三十℃。昼休み直前のこの時間帯は、おそらくそれくらいまで達しているだろう。グラウンドで積極的に運動している面々は限定されていて、伊織《いおり》や湊《みなと》のようにサッカーコートの周りでだべっている生徒は多い。

「女子は中でバスケだろ？　最初は羨《うらや》ましいって思ったけど……」

「中は中で大変でしょ。蒸《む》し焼《や》きみたいなもんだし」

三十℃はふた昔前なら夏の全盛《ぜんせい》ともいえる気温、と聞いたことがある。日陰《ひかげ》で涼《すず》んでいればまだなんとかなるが、男子は陽射《ひざ》し降り注ぐ下で、そして女子は冷房《れいぼう》のない屋内で積極的に身体を動かしている。正気の沙汰《さた》か、とさえ思う。

「体育館の窓は開けてるみたいだけど、あれでも限度はあるよなぁ」

「バドミントンをやるときはもっと地獄《じごく》みたいだよ。少しでも風が入ってシャトルがぶれたらいけないから、真夏でも閉め切ってやるんだって」

「それは罰《ばつ》ゲームすぎないか？」

一ヶ月も経《た》てば、クラスメイトから各部がどんなふうに練習しているのかの情報が入ってくる。バド部のクラスメイトは先輩《せんぱい》に「夏はぁ……マージでキツいからなぁ……ふふふ……」と遠い目で虚《うつ》ろな笑《え》みを浮《う》かべられたと聞いていた。

「真夏で気温が三十五℃とかになったらどうするんだろうな？　みんな溶《と》けるぞ？」

コートの端《はし》から端《はし》まで全力で駆《か》ける男子を見ながらつぶやく。彼らもさらに五℃ほど気温が上がったらまず無事ではすまないだろう。走っている途中《とちゅう》に蒸発するのではなかろうか。

「時間帯を早くしたり、逆に夕方活動する部もあるみたいだね。大会前でどうしてもがっつりやりたい場合は、冷房《れいぼう》のある体育館に移動する部活もあるらしいよ」

「みんな大変だなぁ……」

「やっぱりこれも真昼間のグラウンドでする話じゃないと思う」

「たしかに」

もういちど汗《あせ》を拭《ぬぐ》う。

「ところで伊織《いおり》、体育のときは毎回右ひざが痛むって言ってたよね？　大丈夫《だいじょうぶ》？」

「そうそう、動いてるときはアドレナリンが出て意外となんとかなるんだけど、こうして落ち着いてるとじくじく痛み出すんだよな」

「ノリツッコまないって選択肢《せんたくし》があるんだ……」

「ちゃんとノリツッコミをすると十中八九スベるからな……」

そして地獄《じごく》みたいな空気を味わう。

「だぁ～……しんどぉぉぉ～……」

交代して休憩《きゆうけい》に入った男子が、幽鬼《ゆうき》のような足取りでやってきた。

「おつかれ」

伊織《いおり》の言葉に力なく腕《うで》を上げて答え、隣《となり》に座る……かと思いきや、伊織《いおり》と湊《みなと》の前で仁王立《におうだ》ちをした。

「俺は！　女子と体育がしたい！」

「「潔《いさぎよ》すぎるな（ね）」」

腰《こし》に両手をつき、からっとした笑《え》みを浮《う》かべるクラスメイトはあまりにも男らしかった。

「いや、楽しいよ？　楽しいけどさ、せっかくなら女子がこっちをちらちら横目で見てる中で頑張《がんば》って、あわよくば気になる子の近くで休憩《きゅうけい》して、その子に『すっごいはしゃいでたね～』なんてからかい混じりの笑《え》みを浮《う》かべてほしいわけよ」

「お前の具体的すぎる妄想《もうそう》はわかった。もう休め」

虚《うつ》ろな目で優《やさ》しい微笑《ほほえ》みを浮《う》かべるクラスメイトが本気で心配になった。

男子が日影《ひかげ》を求めてさまよい歩き去るのを見届けたところで、ぽつりとつぶやく。

「女子のバスケ……」

「涼原《すずはら》さんのプレイが見たいんだ？」

「ツッコみたいけど、どこをはたいても手に汗《あせ》がつくから不快だな」

「それは僕も同じだけど」

伸《の》ばした手を引っ込める。

「……ちょっと水飲んでくるわ」

「はーい、行ってらっしゃい」

体育館の日陰《ひかげ》に置いてあるペットボトルの水を求めて立ち上がる。

一気に半分ほど喉《のど》に流し込んだところで、不意に体育館の重い扉《とびら》が開いた。

「あっつ～～い！　窓だけじゃムリー！」

クラスメイトの女子ふたりがドアを開け、まるで涼《すず》しくない風を浴びて「こっちのがまだマシ～」とつぶやいている。中はよほどなのだろう。

中も外も大変なんだな、と思っていると――

「あ、ごめーん」

バスケットボールが開いた扉《とびら》からぽーんと飛び出した。伊織《いおり》はペットボトルを置いて、小走りでボールを拾いに行く。

「あ～、佐久間《さくま》くんありがと～！　内履《うちば》きだと出づらいからさぁ～」

ボールの砂を払《はら》って渡《わた》すと、女子がにかっと嬉《うれ》しそうに笑った。

「だろうなー。男子だと躊躇《ちゅうちょ》なく出ちゃうやつもいると思うけど」

「そのあと洗うのも面倒《めんどう》でしょ？　助かる～」

「今ちょうど涼原《すずはら》さんがプレイしてるよ。上がって見てったら？」

「そうなんだ。せっかくだし……んん？　なんで今……」

女子の言葉に引っかかりながらも体育館に入る。

「楓《かえで》～！　行け～！」

美鈴《みすず》の応援《おうえん》の声の先に、銀髪《ぎんぱつ》をなびかせる楓《かえで》を見つけた。

（え、はやっ⁉）

パスを受け取った瞬間《しゅんかん》に楓《かえで》が颯爽《さっそう》と駆《か》け抜《ぬ》け、ディフェンスをひとり抜《ぬ》く。次のディフェンスはいかにも運動神経の良さそうな隣《となり》のクラスの女子で、低く腰《こし》を落として楓《かえで》を睨《にら》む。楓《かえで》も同じくらい腰《こし》を落とし、数回ボールを弾《はず》ませた直後、右に行くと見せかけて左に切り込む。相手の女子はそれでもくらいついてきたが——さらに楓《かえで》は身体をスピンさせ、もういちど右から切《き》り抜《ぬ》けた。相手の黒髪《くろかみ》と楓《かえで》の銀髪《ぎんぱつ》が数瞬《すうしゅん》のうちにまじりあう光景。きゅっ、きゅっと鳴る足音があまりにも見事。

ゴールと楓《かえで》のあいだには誰《だれ》もいない。ボールを両手で持ち、余裕《よゆう》を持って一歩、二歩。ボールを持った右腕《みぎうで》を上げる姿は、伊織《いおり》だけでなく女子たちも見とれていた。

バスケボールがボードに当たり、ゴールネットをくぐる。そこでホイッスルが鳴った。楓《かえで》のチームが圧勝している。

「楓《かえで》ちゃんすご〜い！」

「つよすぎだってー！」

チームメイトの女子が口々にはやし、楓《かえで》にハイタッチを求める。

「あ、う……そ、そんなことは……」

楓《かえで》が頬《ほお》を赤らめながら、てちてちと手を合わせる。見事なプレイからは想像もつかないほどウブな仕草。

「ふぅ……」

雪白の肌《はだ》に汗《あせ》がにじんでいる。半袖《はんそで》とショートパンツ姿になっていることで、すらりとした手足がよく見えた。衣替《ころもが》えの移行期間で、楓《かえで》の夏服姿はまだ見たことがなかった。不意に増加した露出《ろしゅつ》に伊織《いおり》の鼓動《こどう》が一気に高鳴る。

チームメイトとのハイタッチを終えた楓《かえで》がひと息つき、Tシャツの首元をつまんでぱたぱた、ぱたぱた。それから手の甲《こう》で頬《ほお》に伝う汗《あせ》を拭《ぬぐ》う。

ひとつひとつの仕草があまりにもなめらかで美しい。楓《かえで》は育ちがいいのかな、と場ちがいな感想を抱《いだ》く。彼女の所作のひとつひとつがちがう種類の重力を持っているかのようで、いちいち視線が引きずられてしまう。

(そうだ、己《おのれ》をつねろう)

このままではクラスメイトをガン見する変態になってしまう。わき腹と太ももを同時につねるとちょっと我に返った。力を込めすぎてかなり痛いが、クラスメイトに不躾《ぶしつけ》な視線を送り続けるよりははるかにマシだ。

体育はまだ続いているし、いつまで経《た》っても戻《もど》らない伊織《いおり》のことを湊《みなと》が心配するかもしれない。

俺は帰る、帰るんだ……と言い聞かせながら、楓《かえで》に背を向けようとすると。

「か～えで！　おっつかれ～！」

「ひゃあん⁉」

美鈴《みすず》が楓《かえで》に後ろから抱《だ》きつき、胸の膨《ふく》らみに十本の手の指を食い込ませた。ぽしょぽしょとした話し声からは想像もつかない桃色《ももいろ》の艶《なま》めいた声に、やわらかく形を変えた胸。

(あかん)

心の声がなぜか関西弁になった。わき腹と太ももをふたたびつねるも、痛みがまるでわからない。

美鈴《みすず》がワルいにも程《ほど》がある笑《え》みを浮《う》かべて楓《かえで》の胸を揉《も》みしだく。なんだか空気が桃色《ももいろ》に見えてきた。え、なに、女子だけだとこんなことになってるの？

（これは本気で逃《に》げないと……あ、やべ）

不意に美鈴《みすず》と目が合った。

「おやおや～？　いおりん、これはラッキーなとこを見ましたな～？」

口を「ω」の形にして引き続き胸を揉《も》んでいる。誰《だれ》かあの暴走機関車を止めてください。

「みす、ず……っ？　誰《だれ》のことを言っ……て……」

頬《ほお》を上気させた楓《かえで》が伊織《いおり》の姿を捉《とら》えたとたん、可愛《かわい》らしい表情が一瞬《いっしゅん》で消えて真顔になった。視線だけで心臓を貫《つらぬ》かんばかりの冷たさ。美鈴《みすず》が楓《かえで》から離《はな》れ、ちろっと舌を出しながら伊織《いおり》に「ごめんね」とジェスチャーを送る。

楓《かえで》が無言でバスケボール入れのほうへ行き、

「目撃者《もくげきしゃ》は消す」

「すげぇ物騒《ぶっそう》なこと言ってる!?　あっぶな!?　ちょ、あぶな……っ！」

楓《かえで》は外れるのも構うことなく、籠《かご》のボールを容赦《ようしゃ》なく投げてくる。尋常《じんじょう》じゃなく速い。あと目が怖《こわ》い。狩人《かりゅうど》だったら動物に感づかれて逃《に》げられるくらいの殺気。

「あぶっ、ちょっ、マジであぶなぐはっ⁉」

壁《かべ》に跳《は》ね返《かえ》ったボールが背中にヒットする。跳弾《ちょうだん》をくらう日が来るとは思わなかった。楓《かえで》は怒《いか》りのままに投げているかと思いきや、ときおり高く投げ上げて時間差で攻《せ》めてくる。超《ちょう》速《そく》のボールをひとつふたつと避《よ》けたところで、弧《こ》を描《えが》いたボールが肩《かた》に当たる。

「だいじょーぶかいおりん！　助太刀《すけだち》するぞ！」

「マジでやばいから助け……ってそっちにかよ！」

美鈴《みすず》は楓《かえで》を止めるどころか、いっしょにボールを投げ始めた。めっちゃ楽しそうに笑ってますね。

「むぅ～……避《よ》けるな……っ」

「無理だってのいってぇ⁉」

楓《かえで》は無表情から可愛《かわい》らしくむくれた表情に変わっているが、ボールは相変わらず速い。美鈴《みすず》は途中《とちゅう》からボール拾いに役目を変えたため、楓《かえで》の投擲《とうてき》、もとい攻撃《こうげき》ペースが上がる。

「いいぞ～！」

「いけいけー！」

他の女子は三人の攻防《こうぼう》をやんややんやとはやし立てている。控《ひか》えめに言ってこれはいじめなのではと思うのだが、楓《かえで》の剝《む》き出《だ》しの感情をぶつけられたことが嬉《うれ》しくてちょっと楽しくなってきた。自分に被虐趣味《ひぎゃくしゅみ》があるのでは……と雑念を抱《いだ》いた瞬間《しゅんかん》にボールが太ももに当たり、悶絶《もんぜつ》したところでわき腹と肩《かた》に当たる。そろそろ限界。

「ちょ……っ、マジで……もう……っ！」

美鈴《みすず》が楓《かえで》をちらちらと見て、そろそろ頃合《ころあ》いかなーと探《さぐ》っている様子が見える。マジで早くやめてくれと願っていると——ぺしっ、ぺしっ。

「こーら」

体育の女性教師が、楓《かえで》と美鈴《みすず》の頭に優《やさ》しくチョップしていた。

「多少はしゃぐのは構わないが、さすがにやりすぎだぞ？」

「う……す、すみません。でも罪には罰《ばつ》を与《あた》えないと……」

「しゅんとしながら怖《こわ》いことを言うんじゃない……。鹿岡《かのおか》も。涼原《すずはら》の保護者として悪ノリのしすぎはやめなさい」

「わたし保護者扱《あつか》いなんですか⁉　自覚はありますけど！」

自覚はあるらしい。

グラウンドでホイッスルが聞こえた。

「ほれ、号令だ。佐久間《さくま》も早く行くといい」

「わかりました……ありがとうございます、助かりました」

これ以上この場にいても、ふたたび楓《かえで》にぼこぼこにされるのが目に見えている。一礼してすばやく戻《もど》った。

「伊織《いおり》、遅《おそ》かったね。どうしたの？」

「あーいや、色々あってだな……」

男子はコートでプレイしている生徒以外は比較的《ひかくてき》自由にしていたため、伊織《いおり》の行動が目立つことはなかった。整列して教師のまとめの言葉を聞くあいだ、隣《となり》の湊《みなと》とこそこそ話す。

「いや、もう、本当に色々あった……」

「水を飲みに行っただけでそんなに疲《つか》れることができるって、もはや才能だね……」

湊《みなと》が困ったような笑《え》みを浮《う》かべた。

水を飲みに行ってからの出来事を思い返す。

体育館の重い扉《とびら》が開き、飛び出たボールを拾った。

そこで楓《かえで》のプレイを目の当《ま》たり《あ》にして、そしてそのあと美鈴《みすず》が楓《かえで》の胸を――

「……伊織《いおり》？　急に前かがみになってどうしたの？」

「ナンデモナイ……」

「なんで片言なの……」

やわらかくひしゃげる、男子の煩悩《ぼんのう》の矛先《ほこさき》であるアレとか。

美鈴《みすず》をたしなめながらも強くは止めようとせず、漏《も》れそうになった声を抑《おさ》えようと引き結んだ薄《うす》い唇《くちびる》とか。

運動直後であることと羞恥心《しゅうちしん》が原因で上気した白い肌《はだ》とか。

（あかん）

ひとつひとつを思い出すたびに、身体の一点が急激に元気になっていく。

「湊《みなと》。俺は煩悩《ぼんのう》の塊《かたまり》だ」

「急にどうしたの」

「俺の二《に》の腕《うで》をつねってくれ。それなりの力で」

「それなりってことは本気でってことだね」

「どういう日本語だよそれいってぇぇ!?」

「こらー、はしゃぎすぎだぞー」

体育教師に指摘《してき》され、笑い声が起こる。

伊織《いおり》は熱くなった顔をぺちぺちと叩《たた》き、先生に謝りつつも、脳裏《のうり》に焼き付いた楓《かえで》の艶姿《あですがた》を何度も何度も再生していた。

×　　×　　×

体育後の昼休み。

（ちょっとひとりにならないと）

いつもは湊《みなと》や他の男子と昼食をとっているが、先ほどの出来事がまだまだ尾《お》を引いていて、おそらく食事中もたびたび奇妙《きみょう》な言動をしてしまうことが予想できた。他の男子はまだしも、伊織《いおり》のことをよく知っている湊《みなと》なら何かしらを察して、踏《ふ》み込《こ》みすぎない程度にあれやこれやと質問してくるかもしれない。まずは冷静になる必要があった。

(そういえば、屋上が使えるんだよな)

伊織《いおり》はまだ使ったことがなかったが、ベンチがいくつもあると聞いている。顔見知りがいなかったら屋上でゆっくりしてみるか……と思い、自分で作った弁当を持ってぽてぽてと校内を歩く。

伊織《いおり》は散歩が好きだ。屋内でも屋外でも、それまで歩いたことのない道にふらりと立ち寄ったときの意外な景色や、「ここここが繋《つな》がってたのか!」といった小さな発見は胸躍《おど》る。かといってどんどん旅行に行って未知を追求したい……といった冒険心《ぼうけんしん》があるわけではなく、あくまで自分の生活圏《せいかつけん》の中での小さな発見を喜びとしている。

屋上に向かう途中《とちゅう》の道は、まだ通ったことがなかった。なので様々な「ちょっとした発見」がある。

文化祭のときにしか使われないという空き教室で、イヤホンを着けて動画を観ながら楽しげに踊《おど》る女子がいたり。

目立たない階段に座り、仲睦《むつ》まじく会話をするカップルがいたり。

教室からは見えない場所にある花壇《かだん》で咲《さ》き乱《みだ》れる花に和《なご》んだり。

ちょっとした発見をしつつ、伊織《いおり》が通り過ぎるときのカップルの慌《あわ》てようと、通りすぎたあとに「びっくりした～」「ドキドキするね」といった淡《あわ》い会話に頬《ほお》をゆるめた。基本的に散歩は外のほうが好きだが、まだまだ見慣れない校舎は充分《じゅうぶん》に散歩のしがいがある。

（そういえば……涼原《すずはら》さんっていつもどこでお昼を食べてるんだ？）

ふと思い出す楓《かえで》の顔。

彼女は昼休みになると、いつも美鈴《みすず》といっしょに教室から出ていく。パンを買うところを目撃《もくげき》したことはあるものの、昼食をとっているところはいちども見たことがない。

校舎にはまだまだ自分の知らないスポットがある。そのいずれかで楓《かえで》は昼食をとってるんだろうな……と思いながら屋上に続く階段を上がる。

ドアを開けた瞬間《しゅんかん》、ふわりと風が吹《ふ》いた。あいにく涼《すず》しさには欠ける風だが、それでもどこか優《やさ》しい。

「あれ？　いおりん？」

「へ？」

横からかけられた声に振《ふ》り向《む》くと、給水塔《きゅうすいとう》の日陰《ひかげ》になったベンチにクラスの女子たちが座っていた。移動させたのか、ベンチがコの字になって六人が腰《こし》を下ろしている。

声をかけてきたのは美鈴《みすず》だった。

そしてその隣《となり》には、楓《かえで》の姿。

(ここで食べてたのか……ん？)

楓《かえで》はパンをはむっと咥《くわ》えた状態で固まっていた。その脇《わき》には空になった弁当箱、さらに空になったパンの袋《ふくろ》がひとつ。

(きーーまーーずーーいーー)

伊織《いおり》の存在に気付く寸前まで幸せそうに目を細めていたが、今は虚無《きょむ》の表情で伊織《いおり》をじぃぃ……じぃぃぃ……っと見つめている。

楓《かえで》は伊織《いおり》を見つめた(睨《にら》んだ？)ままもっきゅもっきゅとパンを食べ、こくりと飲み込み、ぎぎぎ……とぎこちなく顔をそむけた。それから思い出したように腕《うで》で口元を隠《かく》し、

「パパラッチが、ついにここまで来た……」

わずかに覗《のぞ》いた頬《ほお》が赤い。

「い、いや、たまたまだから⁉」

伊織《いおり》と楓《かえで》のやりとりを、美鈴《みすず》をはじめとする女子たちがなんだか生温かい目で見ている。

「いおりん、せっかくだから一緒《いっしょ》にごはん食べよっか？」

「美鈴《みすず》？　正気……？　SNSに何書かれるかわかんないよ……？」

「勝手に俺を分別のないゲス野郎《やろう》にしないでくれる？」

楓《かえで》以外がいっせいに噴《ふ》き出《だ》す。

「いいよいいよー」

「佐久間《さくま》くんも来なよー」

「え、い、いいの……？」

てっきり美鈴《みすず》だけかと思いきや、残りの女子四人もあっさり同席を許した。というかノリノリだ。バスケでの桃色《ももいろ》空間を思い出して顔が熱くなるも、もはや断れる空気ではない。誘導《ゆうどう》されるままにコの字の一辺の、端《はし》から楓《かえで》、美鈴《みすず》と並んでいるその隣《となり》に腰《こし》を下ろす。

（き、気まずい……っ！）

女子の集まりを花園《はなぞの》と形容をすることは知っている。お嬢様《じょうさま》でもないのにその表現はどうなんだよなどと思ったこともあったが、なるほど。こうやって内側に入り込んでみると、たしかに男子だけ、あるいは男女が混ざり合った状態では生まれ得ない空気がある。要するに激烈《げきれつ》に居心地《いごこち》が悪い。みんなニコニコしているし会話も楽しいのだが、それとこれとは別だ。この場にいる女子全員から継続《けいぞく》ダメージを負わせるオーラでも出ているかのようだ。早く回復しないと死ぬ。

「わー、いおりんのお弁当ってがっつりだねー。男子だー」

本気で帰ろうかと迷っていると、美鈴《みすず》が伊織《いおり》の弁当を見てはしゃいだ。他の女子も「なにな に？」と覗《のぞ》き込《こ》んでくる。楓《かえで》はそっぽを向いてもしょもしょとパンを食べている。見間違《みまちが》いでなければ、弁当のほかに二つのパンを食べていることになる。

今日は体育があるからと、生姜《しょうが》焼き丼《どん》にしていた。弁当箱一面に敷《し》き詰《つ》められた白米と、その上の生姜焼《しょうがや》き。野菜は朝と夜に食べることにした。とにかく肉が食べたかった。

「わかりやすいねーこれ。お母さんが作ったの？」

「いや、親は忙《いそが》しくてあんまそういうことはできないんだわ。妹と交替《こうたい》で作ってて、今日は俺が作った」

「「「えー！」」」

女子のテンションが一気に上がる。黄色い声とはよく言ったもの。楓《かえで》はそっぽを向いているかと思いきや、伊織《いおり》のほうを見て意外そうに目を見開いていた。

「へー、いおりんが作ってるんだー。すごいね！」

「これ、よく見たら二層になってる？」

「ああ、とにかく生姜焼《しょうがや》きが食べたくて。上から生姜焼《しょうがや》き、ご飯、生姜焼《しょうがや》き、ご飯、って感じ」

「あはははは！　ストロングスタイル！」

女子の盛り上がりが最高潮に達する。屋上に他の生徒がいなくてよかった。

(ん？)

ちらりと楓《かえで》を見やると、いつの間にか控《ひか》えめに身を乗り出し、伊織《いおり》の弁当をじっと見つめていた。

「…………」

なんだか、目がキラキラしている。

「楓《かえで》ってば、まだ食べ足りないの？」

「う……うん。今日のお弁当、ちょっと控《ひか》えめだったし……体育もあったし……」

美鈴《みすず》と会話しながらも徐々《じょじょ》に身を乗り出してくる。ふわりと香る制汗剤《せいかんざい》の涼《すず》やかな匂《にお》い。銀《ぎん》髪碧眼《ばつへきがん》の見た目によく似合う匂《にお》いだし間近で見る顔が整いすぎてて訳がわからないしで大混乱に陥《おちい》る。

「えっと……食べる？」

「えっ。……パパラッチからの、施《ほどこ》しは、う、受けぬ……」

「英語と武士言葉が混ざるってどういう状態？　維新《いしん》志士なの？」

楓《かえで》が高速で顔をそむけた。空を仰いでぷるぷるしている。

「パンも買ってるから、ちょっと分けるくらいなら大丈夫《だいじょうぶ》だけど」

三つのパンを見せると、女子たちが「おお～……食《た》べ盛《ざか》り……」とつぶやいた。どういう気持ちでその声を受け止めればいいの？

「で、でも……」

楓《かえで》がちらりと流し目を送り、きゅっと目をつぶり、もういちど流し目を送る。

それから自分の箸《はし》を取り出し、いただきますの一礼をしてから、

「で、でも……」

「言葉と動きが合ってなさすぎるけど、なに、口と手のあいだに時差があるの？」

また顔をそむけた。

「いいじゃん楓《かえで》、もらっちゃいなよ半分くらい」

「それは多すぎるから⁉」

「美鈴《みすず》がそこまで言うなら、半分もらおうかな……」

「なんで美鈴《みすず》さんに権限が譲渡《じょうと》されてんの⁉」

言いながらも、ようやく食べる気になった楓《かえで》に弁当箱を差し出す。美鈴《みすず》が受《う》け渡《わた》しをしやすいように背すじを反らしているのが愛らしい。

「い、いただきます……」

おそるおそる弁当を受け取った楓《かえで》が、生姜焼《しょうがや》き丼《どん》の手つかずの部分に箸《はし》を差し込む。たっぷりとタレの染《し》み込《こ》んだ生姜焼《しょうがや》きと白米の組み合わせ。本能に訴《うった》えかける凶悪《きょうあく》な食物に、楓《かえで》がこくりと細い喉《のど》を鳴らす。

薄《うす》い唇《くちびる》が控《ひか》えめに開き、生姜焼《しょうがや》きと白米をいっぺんにかきこむ。唇《くちびる》についたタレをちろりと舐《な》める仕草が可愛《かわい》らしい。

もぐ、もぐ、もぐ。

ゆっくりと咀嚼《そしゃく》すると、楓《かえで》はほわりと目を細めた。

「……美味《おい》しい」

「……それはよかった」

ほっと胸を撫《な》で下《お》ろしつつ、楓《かえで》の無防備極《きわ》まる姿を見れたことに内心悶絶《もんぜつ》する。

「えっと、ありがとう」

「ん、どういたしまして」

「……もうちょっと食べていい？」

「どうぞどうぞ」

「八割くらいもらうけど、いい？」

「なんで美鈴《みすず》さんより理不尽《りふじん》なの？」

ふたりのやりとりに美鈴《みすず》たちが噴《ふ》き出《だ》す。

「いや～、いおりんはホントいいキャラしてるな～」

「素直《すなお》に喜んでいいものなのか……」

「あ、楓《かえで》！　いくらなんでもそんなに食べちゃダメだって！」

「えっ⁉」

「そ、そんなに食べてない……っ」

美鈴《みすず》に引っかき回され、伊織《いおり》と楓《かえで》が慌《あわ》てる。

その光景を見ていた他の女子は、意外そうに目をぱちくりさせ、それから楽しそうに笑っていた。

教室に戻《もど》って席につくと、前の席の湊《みなと》がくるりと振《ふ》り返《かえ》った。

「伊織《いおり》、どこで食べてたの？」

「屋上」

「ひとりで？」

「……サア、ドウダロウナ？」

「誰《だれ》かと食べてたんだ」

「………」

「この反応は男子とじゃないな〜」

これ以上あがいても心が折れる。観念して事情を話すことにした。

「俺を見る女子の目が、なーんか妙《みょう》に生温《なまあたた》かかったんだよな……あれはいったい何だったのか……」

「伊織《いおり》が涼原《すずはら》さんのこと意識しまくってるって、みんなとっくに知ってるからしょうがないんじゃない？」

「え」

——今ちょうど涼原《すずはら》さんがプレイしてるよ。上がって見てったら？

体育で聞いた言葉を思い出す。

「しかも話を聞いた感じ、涼原《すずはら》さんもふだんまず見せないような雰囲気《ふんいき》を出してるでしょ？　そりゃ～僕もその場にいたら生温《なまあたた》かい目で見るよ。実況《じっきょう》配信だったら投げ銭しちゃうかも」

「なんで⁉」

自分の恋心《こいごころ》が周りにバレバレ、という事実をさらりと明かされて動揺《どうよう》が止まらない。

「なあ湊《みなと》、みんないつから知ってるんだ？　全員が知ってるわけじゃあないよな？」

「揺《ゆ》らさないで～。酔《よ》う～」

糸かってくらい目の細い友人の肩《かた》を摑《つか》んでぐらぐら揺《ゆ》らしていると、楓《かえで》たちが帰ってきた。

楓《かえで》は何食わぬ顔で伊織《いおり》の隣《となり》の席につくが、美鈴《みすず》は口を「ω」の形にして伊織《いおり》をちらちらと見ている。

（ん？）

美鈴《みすず》がスマホを取り出し、ちょいちょいと指さした。自分のスマホを取り出すと、美鈴《みすず》からトークアプリのメッセージが届いている。

『以下のメッセージは、屋上にいた女子グループ（楓含《かえでふく》む）の総意です』

『わたしたちが屋上で食べるのは、毎週月曜と水曜です』

『雨の場合は一日後ろにずらします』

『食べに来たかったらいつでも来てぃぃよ』

『今度は妹さんのお弁当も見せてね！』

スマホの画面を見たあと、まず見てしまったのは楓《かえで》の顔だった。伊織《いおり》が屋上に行くことに楓《かえで》も同意してくれたというのが信じられない。

伊織《いおり》の視線に楓《かえで》が気付く。

ノートで目から下を隠《かく》し、顔をそむけたかと思えばちらりとこちらを見やり、

「……マジで？」

「……調子に乗らないように」

照れくささがめいっぱいにじんだ声音《こわね》に、伊織《いおり》は呆《ほう》けた顔で何度も何度も頷《うなず》いた。

（うーわ、これは……うーわ……うーわ……マジかー……）

できることなら両手で顔を覆《おお》って天を仰《あお》ぎたかったが、そんなことをすれば湊《みなと》と楓《かえで》に何を言われるかわかったものではないので自重した。

クラスメイトに自分の恋心《こいごころ》が思いきりバレているというのは、正直死ぬほど恥《は》ずかしい。

けれど、こうやって遠まわしながらも援護射撃《えんごしゃげき》をもらえるというのは、それ以上に嬉《うれ》しかった。

Interlude

「楓《かえで》、いおりんの生姜焼き丼《しょうがやきどん》は美味《おい》しかった？」

帰り道で美鈴《みすず》に尋《たず》ねられた。その顔がなぜかやけに楽しそう。

顔を上げ、伊織《いおり》が作ったという生姜焼き丼《しょうがやきどん》の味を反芻《はんすう》する。

空に浮《う》かぶ生姜焼き丼《しょうがやきどん》の幻《まぼろし》。

口の中がちょっと潤《うる》んだ。

「……うん」

「どれくらい美味《おい》しかった？」

人差し指をあごに添《そ》え、しばし考える。

「……あわよくば、全部もらいたいくらい？」

「あははは！　貪欲《どんよく》にも程《ほど》がある！」

美鈴《みすず》がお腹《なか》を抱《かか》えて笑う。

「だって……美味《おい》しかったから」

自分の感情には正直でありたい。伊織《いおり》のお手製弁当は間違《まちが》いなく美味《おい》しかった。

不意に美鈴《みすず》が立ち止まる。

「……美鈴《みすず》？　どうしたの？」

尋《たず》ねると、美鈴《みすず》はやわらかな笑《え》みを浮《う》かべ、

「楓《かえで》はなんだか……いおりんといるときの顔が、ぐっとやわらかくなった気がする」

「……そう、なの？」

「そうそう。表情筋の筋トレになっててとってもいいと思いまいひゃいいひゃいいひゃい！」

細い手をぱたぱたさせるのが可愛《かわい》いなーと思いながら、もっちりほっぺをしばしつまんだ。

第五章　自宅にご招待

とある日の放課後。

伊織《いおり》が昇降口《しょうこうぐち》で靴《くつ》を履《は》き替《か》えて外に出ると、入口横のエントランスに数ヶ所設置されているベンチつきのテーブルに、楓《かえで》の後ろ姿を見つけた。美鈴《みすず》を待っているのだろうか。

(なるべく自然にあいさつを……ん?)

斜《なな》め後《うし》ろから近付こうとすると、楓《かえで》が一心にスマホの画面を見ていることに気付く。無表情なのはいつものことだが、その目がやけにキラキラしている。

もう数歩ばかり近付くと、写真を投稿《とうこう》するSNSを見ていることがわかった。

画面に映る写真は、様々な髪《かみ》の長さの引《ひ》き締《し》まった女性たち。共通点は楓《かえで》と同じ銀髪碧眼《ぎんぱつへきがん》であること。

「そういうの、よく見るんだ?」

「……っ!?　……っ!!」

伊織《いおり》の声掛《こえか》けに野生動物のごとく驚《おどろ》き、飛《と》び跳《は》ねる。太ももがテーブルにぶつかってしまい楓《かえで》が悶絶《もんぜつ》した。

「ご、ごめん」

「べつに……いいけど」

楓《かえで》は太ももをさすりながら、スマホの画面を伏《ふ》せてしまう。

「隠《かく》さなくてもいいのに」

少なくとも、先ほどの楓《かえで》の目は写真の女性たちに対する真《ま》っ直《す》ぐな羨望《せんぼう》で溢《あふ》れていた。純《じゅん》粋《すい》な好意のこもった瞳《ひとみ》は見るだけで頬《ほお》がゆるむ。恥《は》じることなど何もないはずだけれど。

伊織《いおり》の何気ない言葉に楓《かえで》は目をぱちくりさせ、それから白銀の髪《かみ》の毛先を人差し指でくるくると巻き、唇《くちびる》をにゅっと尖《とが》らせた。崩《くず》れ落《お》ちそうになるのを賢明《けんめい》にこらえる。

「だって……こういうのを男子が見ると、バカにするから……」

楓《かえで》の視線はどこか、過去の苦い思い出を手繰《たぐ》り寄《よ》せるように泳いでいた。

「……そっか。面倒《めんどう》な絡《から》み方《かた》してごめん」

「べつに……パパラッチはパパラッチだから。これくらい気にしない」

「呼び方がパパラッチだといまいち場が締《し》まらないんだけど」

楓《かえで》がノートで目から下を隠《かく》す。

いつものように顔をそむけるかと思いきや――伊織《いおり》と目が合ったまま、楽しげに目を細めた。

心臓をわしづかみにされた。

あの日、伊織《いおり》の恋心《こいごころ》をかっさらった笑《え》みが、その一部とはいえ自分に向けられている。

「どうしたの？」

「え、あ、いや……なんでもない」

楓《かえで》はいつもの無表情に戻《もど》っている（ただし小首をかしげている。伊織《いおり》は瀕死《ひんし》だ）。それでも、先ほどの笑《え》みが頭から離《はな》れない。目をほんの少し細めるという仕草。長さで言えば一センチ、あるいはそれよりも短いかもしれない。そんな、目の前で見ているからこそわかるわずかな表情の変化が、伊織《いおり》の心を離《はな》さない。この子の笑顔《えがお》が見たい、もっといえば自分が笑わせたいという思いがいっそう強くなる。

「パパラッチ、どうしたの？」

楓《かえで》がますます首をかしげる。小首どころではなくなり、ちょっとシュールな絵面。ここから先ほどのような笑《え》みが見れるとは想像すらできない。少なからず距離《きより》は縮んでいる気はすれど、楓《かえで》は依然《いぜん》として伊織《いおり》のふだんの振《ふ》る舞《ま》いで笑うことがない。目の前に人参《にんじん》をぶら下げられた馬の気分だ。

「パパラッチはやめてくれ……」

「じゃあ……パパラッチ佐久間《さくま》？」

「売れない芸人みたいなんだけど」

「それじゃあ、どう呼べばいいの？」

「え……っ」

いつもと何ら変わらないトーンで尋《たず》ねられ、心臓が跳《は》ねる。さっきから心臓にブラック労働を課している気がする。ごめんなさい。

(どう呼んでもらうか……俺が決めていいのか!?)

そんな権限を与《あた》えられる日がくるなんて。

まず浮《う》かんだのが名前呼び。しかし先ほどの微笑《ほほえ》みの断片《だんぺん》ひとつで瀕死《ひんし》になっているのに、いきなり名前で呼ばれたりしたら表情筋が液状化しそうだ。湊《みなと》に名前を呼ばれただけでも「涼《すず》原《はら》さんに同じ呼び方をしてもらってるんだな」と思ってニヤけてしまうかもしれない。おめでとう、変態の誕生だ。

それではあだ名はどうだろう。美鈴《みすず》の「いおりん」とは別がいい。せっかくだから特別感がほしい。けれどパパラッチのように特殊《とくしゆ》すぎるものは避《さ》けたい。と、ここで自分は今まで苗《みよう》字《じ》か名前で呼ばれることがほとんどだったことに気付く。小学生の頃《ころ》に変なあだ名をつけ合う遊びをしたことはあったが、どれも定着することはなかった。ちなみにそのとき伊織《いおり》につけられたあだ名は「小田原《おだわら》」「紙風船」「旧正月」の三つ。呼ばれても自分だと気付くまで毎回三秒以上かかっていた。

名前呼びは心臓が耐《た》えられない。しかしいいあだ名もない。

となれば……。

「ええっと……涼原《すずはら》さんがいいなら、その、みょ、苗字《みようじ》……」

「パパでいい？」

「話聞いてた!? ていうかなんでそこだけ切り取ったんだよ!?」

「パパ～」

「響《ひび》きがまずい！　もはやぜんぶ間違《まちが》ってるから！」

楓《かえで》がノートで目から下を隠《かく》し、目を細める。思考が吹《ふ》き飛《と》ぶ。何も言えなくなる。

（ああもう、可愛《かわい》すぎるんだって……っ！）

楓《かえで》の評判はすっかり全校に広がり、根付いていた。氷のごとく無表情なことが生徒たちの好《こう》奇心《きしん》をかきたて、どんな性格をしているのかなどの検証がなされている。どの噂《うわさ》も伊織《いおり》がときおり見てきた楓《かえで》の実像とはかけ離《はな》れていた。いま目の前にいる楓《かえで》が見せる笑顔《えがお》は、こんなにも愛くるしい。

「さっき見てた画像……俺にも見せてくれない？」

「え、やだ」

手を伸《の》ばしたまま天を仰《あお》いだ。

「ご、ごめん……冗談《じょうだん》だから」

楓《かえで》が珍《めずら》しく本気で焦《あせ》っていた。

後ろから覗《のぞ》き込《こ》む形でいくつも画像を見る。銀髪《ぎんぱつ》女性の写真は、ばっちりとキメた格好で街中を闊歩《かっぽ》するものもあれば、ジムウェアを着てトレーニングに励《はげ》むものもあった。

「かっこいいなぁ……」

「……っ！　わ、わかる……？」

楓《かえで》が振《ふ》り返《かえ》り、目をキラキラさせて顔を近付ける。ふわりと香る甘い匂《にお》い。嘘《うそ》みたいに綺麗《きれい》な顔がやたらめったら近い。楓《かえで》は自分の破壊力《はかいりょく》がわかっていないのだろうか。

「日本だと、私みたいな人ってあんまりいないから……。だから、このアプリでよく、同じような女の人の写真を見てるの」

楓《かえで》が画面をスワイプしながらぽつぽつと話す。

「住んでる場所はちがっても……毎日を頑張《がんば》って生きてる女の人たちのかっこいい姿が励《はげ》みになるっていうか……私なんでこんなこと話してるの？」

「急に冷静にならなくても」

目をぱちくりさせる楓《かえで》に呆《あき》れ笑いを浮かべながらツッコんだ。

涼原楓《すずはらかえで》は、画面の中に自分の拠《よ》り所《どころ》を求めている。

スマホの画面を一心に見つめる彼女を見ていて、ふとそんなことを思った。楓《かえで》にとって、きっと美鈴《みすず》は大事な拠《よ》り所《どころ》のひとつだろう。家族もそうなのかもしれない。

けれど……それでも、楓《かえで》には周りと明らかにちがう見た目という特徴《とくちょう》がある。

少なくともこの学校ではいじめのような目にはあっていないと思う。伊織《いおり》たちのクラスでは楓《かえで》が圧倒的《あっとうてき》に目立つ個人として存在しているため、不器用な楓《かえで》と、コミュニケーションに長《た》けた美鈴《みすず》を中心に「スクールカースト？　何それ？」と言わんばかりにゆるふわなグループができあがっている。優等生だろうとギャルだろうとオタクだろうと、楓《かえで》と美鈴《みすず》を中心にふんわりと繋《つな》がっているのだ。

そんな中にあっても、楓《かえで》はその見た目で浮《う》いているということに変わりはない。

「俺はさ、他の人がどう思ってるかはわからないけど……涼原《すずはら》さんのその髪《かみ》と目の色、めちゃくちゃ綺麗《きれい》だと思うよ」

「……っ」

どうしたら楓《かえで》の心の奥底に触《ふ》れられるかがわからなくて、思っているままの言葉を口にした。

楓《かえで》が指の動きをぴたりと止め、不思議なものを見るような目を向ける。

「えっと、俺の家庭環境《かんきよう》も影響《えいきよう》してるのかもだけど……小さいときから、外国人と話したことはなくても、外国人が出てくる動画をよく観てたんだ。それでその、なんていうか、金髪《きんぱつ》とか、銀髪《ぎんぱつ》とか、そういう人のことかっこいいなーとか、綺麗《きれい》だなーとか、そういうことをよく思ってて……。だからその、ええと、涼原《すずはら》さんと初めて会ったときも、単純に綺麗《きれい》だなーとしか……俺なんかとんでもないこと言ってない⁉」

我に返る。めちゃくちゃ手際《てぎわ》の悪い口説き文句か、と心の中で自分をなじった。

楓《かえで》はドン引きするでもなく、ほんのりと頬《ほお》を朱《しゅ》に染め、目をぱちくりさせていた。

「そっか。嬉《うれ》しい」

楓《かえで》の声は優《やさ》しかった。少しだけ目を細めて笑う。今度はノートで顔を隠《かく》していなかった。

（うわ、うわ、うわ……っ）

心臓に焼き石を放り込まれたかのように、煮《に》えたぎった血液が身体中を巡《めぐ》る。ここがどこなのかも忘れるほどの破壊力《はかい》。

「だから、その、お、俺、俺……涼原《すずはら》さんのこと……っ」

(あれ？　俺、何言おうとしてんだ？　おい!?)

舞《ま》い上《あ》がりすぎて、この一ヶ月さんざん気を付けていた、ステップを何段もすっ飛ばした行《こう》為《い》に及《およ》びそうになる。心臓の高鳴りがやまない。身体中の筋肉が強張《こわば》る。口の中が干上《ひあ》がる。

「ん……どうしたの？」

楓《かえで》がやわらかい表情で小首をかしげる。今までこんな表情を見せてくれたことなどなかった。

もしかしたら、今ならいけるのでは……？　そんな淡《あわ》い期待を抱《いだ》いてしまう。

(とはいえ、この流れでいきなり言ったらびっくりさせちゃうだろーー……!?)

真っ二つに分かれた自分が数秒のあいだ目まぐるしく対立していると、不意に。

「楓《かえで》～おまたせ～。あれ？　いおりん？」

「────っ」

あまりにも驚《おどろ》きすぎた結果、ふたつに分かれた思考が同時に吹《ふ》き飛《と》び、ぴんと背すじを伸《の》ばし、気を付けの姿勢をとってしまった。

「いおりん？　どしたの？」

美鈴《みすず》が目をぱちくりさせ、

「ぷっ、くっ、くく……っ」

楓《かえで》が噴《ふ》き出《だ》し、ノートで顔をまるっと隠《かく》してしまう。自分で笑ってくれているのは間違《まちが》いないが、これは意図した笑いではない。それについ先ほどまでの自分の行動を思い出すと、あまりの恥《は》ずかしさに頭が吹《ふ》き飛《と》びそうになる。美鈴《みすず》の登場は心底驚《おどろ》いたがありがたかった。

「えーっと、じゃあ俺はこれで！　また明日！」

「え、ちょ、いおりん⁉」

「……？」

驚《おどろ》く美鈴《みすず》と小首をかしげる楓《かえで》を置いて、伊織《いおり》は慌《あわ》てて走り去った。

×　×　×

この出来事があってから、楓《かえで》との距離《きょり》が、少しではあるが確実に縮まった……という手応えがあった。とはいえ教室での会話はぽつぽつとしたもので、楓《かえで》の表情は相変わらず完全なる無。人前にいるという事実に緊張《きんちょう》するのか、それともクラスメイトに心を許しきっていないのか。もっと笑ってもいいのになーと思うと同時に、あの笑顔《えがお》を見たとたんにライバルが何十人と増えそうで怖《こわ》い。

またどこかで、ふたりで話せる機会がないかな……と考えていた、とある日の放課後。

伊織《いおり》は帰り道の遊歩道をのんびり歩いていた。

（ううん、癒《いや》される）

遊歩道のすぐ横には広々とした公園があり、子ども連れのお母さんがおしゃべりに興じている。テニスコートも併設《へいせつ》されていて、ウェアを着た女性がトレーニングマシンから打ち出される球を一心不乱に打ち返していた。逆側には小学校があり、グラウンドで元気に駆《か》け回《まわ》る小学生が見える。

車が通らないというだけでこうも落ち着くのか……と思っていると、楓《かえで》がフェンシングのような構えをしていた。

（んん？　何がどうしてそうなったの？）

ぱっと見では訳がわからなかったが、よく見てもなおのことよくわからない光景だった。

フェンシングのごとき構えをした楓《かえで》の手には猫《ねこ》じゃらし。

そして下げられた視線の先には、目をキラキラさせた茶トラ猫《ねこ》。

無表情の美しい顔には汗《あせ》がだらだらと流れている。汗《あせ》というよりは冷《ひ》や汗《あせ》だろうか。

「ほ、ほ～ら、あそ～、び、ましょ～」

信じられないくらいぎこちない遊びのお誘《さそ》い。声だけ聴《き》いたら怪談《かいだん》の類かしらと思ってしまいそう。

「にゃー？」

茶トラ猫《ねこ》が猫《ねこ》じゃらしを見つめ、楓《かえで》のもとにとことこと近付く。

「い、いい、子、だね～、ほんといい子だと思います～」

楓《かえで》が奇妙《きみょう》な敬語（通信簿《つうしんぼ》の先生のコメントみたいだ）を話しながら、猫《ねこ》が近付いた分だけ遠ざかる。入学式の日と同じように目がぐるぐるしていた。

（なんだこれ？）

楓《かえで》の性格が多少なりわかってきた状態で考えても、まったく、本当にまったく訳がわからなかった。

「にゃー？　にゃっ！」

「うひゃぅわっ」

茶トラが猫《ねこ》じゃらしめがけてぴょんと跳《と》ぶ。薄《うす》い唇《くちびる》のあいだから愉快《ゆかい》な悲鳴が漏《も》れ、後ずさると同時になぜか持ち手を変えた。楓《かえで》の目は依然《いぜん》としてぐるぐるしているので意識してやっているのではないかもしれない。

「にゃ～？　にゃ～」

「うぅ……遊びましょ……こっちに来ちゃだめ……」

甘えたがりの茶トラと、矛盾《むじゅん》した発言を繰《く》り返《かえ》す楓《かえで》。これまた入学式の日と同じように、街路樹の周りをぐるぐる回りだす。楓《かえで》は逃《に》げながらも猫《ねこ》じゃらしをかざしている。だいぶ混乱しているようだ。

伊織《いおり》は見かねて、こほんと咳払《せきばら》いをすると、

「……えっと、何してんの？」

なるべく自然を装《よそお》って声をかけた。

「────っ」

楓《かえで》が盛大《せいだい》に飛《と》び跳《は》ね、茶トラはそんな楓《かえで》の反応にびっくりして素早《すばや》く逃《に》げてしまった。

「あ……」

楓《かえで》が猫《ねこ》を見つめるも、あっという間に視界から消えてしまった。消えた場所と猫《ねこ》じゃらしを交互《こうご》に見つめ、それから伊織《いおり》をちらりと見る。ものすごく悲しそう。

（ん？　これは……おもちゃか）

猫《ねこ》じゃらしはよく見ると作り物だった。どうやらその辺に生えているものを使ったのではなく、あらかじめ準備していたらしい。

「えっと……その、ごめん。それにしても、なんであんな不思議な状況《じょうきょう》になってたんだ？」

楓《かえで》がうつむき、子どものように唇《くちびる》を尖《とが》らせる。

（そういえば、入学式の日も……）

楓《かえで》の態度は矛盾《むじゅん》していたことを思い出す。本当に猫嫌《ねこぎら》いならさっさと離《はな》れればいいだけだし、猫好《ねこず》きなら遠慮《えんりょ》なく愛《め》でればいい。楓《かえで》の行動はどっちつかずにも程《ほど》があった。

「猫《ねこ》は……好き、なんだよな？」

「……うん、好き」

楓《かえで》が猫《ねこ》じゃらしをぴたりと止め、ほんのりと頬《ほお》を赤らめて頷《うなず》く。猫《ねこ》に対しての言葉だとはわかっている。わかっているが、数秒だけ脳をだまして自分に言ってくれていることにしたくなった。

「えっと……入学式の日も、あの猫《ねこ》といたよな」

「うん。……あの子、すっごい可愛《かわい》いの」

「でも、思ったように遊ぶことができない……って感じ？」

整った眉《まゆ》がくにゃりと曲がり、それから唇《くちびる》がちょっとだけ尖《とが》る。悲しいような、照れているような、そんな複雑な表情。

「猫《ねこ》は好きなんだけど……ちょっと苦手で……」

「……話、聞かせてもらってもいい？」

公園のベンチをちょいちょいと指差すと、楓《かえで》は何か言うでもなく自然とベンチに足を向けた。ベンチに腰《こし》を下ろす。ふたりのあいだはぴったりと人ひとり分。屋上で女子グループとお昼をとったとき、あいだに美鈴《みすず》がいたのと同じ距離感《きよりかん》だ。

（なんだか嘘《うそ》みたいだな……）

それなりに距離《きより》があるとはいえ、楓《かえで》とゆっくり話すチャンスがつかめるなんて。楓《かえで》は伊織《いおり》とふたりきりであることを特に気にしていないのか、猫《ねこ》じゃらしをふりふりと揺《ゆ》らしてそれを眺《なが》めている。

「小さいときに、近所の公園の猫《ねこ》にエサをあげようと思ったの」

「ふむふむ」

目の前で猫《ねこ》じゃらしをふりふり、ふりふり。ちょっと酔《よ》いそう。抗議《こうぎ》の視線を向けると楓《かえで》はぷいっと顔をそむけてしまった。

「おばあちゃんからエサの入った袋《ふくろ》をもらって……私、すっごく興奮してて。猫《ねこ》ちゃん……猫《ねこ》と遊べる〜って」

「ふむふむ、普段《ふだん》は猫《ねこ》ちゃんと呼んでるんだ」

「〜〜〜〜っ」

「ちょ、待ってっ、鼻の下をくすぐるのは反則……くしゅんっ！　ちょ、普通《ふつう》そこでやめるだろ!?」

顔を真っ赤にした楓《かえで》に、猫《ねこ》じゃらしで執拗《しつよう》に顔をくすぐられた。何度もくしゃみをするのは勘弁《かんべん》願いたいが、楓《かえで》とこうしてじゃれあっているのが楽しくてしかたがない。

「私がエサの袋《ふくろ》を持ってきたら、匂《にお》いにつられて猫《ねこ》が何匹か来て。かわいいな、って思いながら袋《ふくろ》を開けようとしたら、つい力が入りすぎて……」

「待って、なんかすげぇやな予感がする」

楓《かえで》がひざに手を置き、目を虚《うつ》ろにする。怪談《かいだん》を話しているかのような空気感。

「袋《ふくろ》が思いっきり破けて……エサが飛び散ったの」

「うっぷす」

普段《ふだん》出さない声を出してしまった。楓《かえで》の視線は宙をさまよっている。

「その瞬間《しゅんかん》……今まで見たことがないくらいの猫《ねこ》が……それこそ何十匹も群がってきて……転んだ私の上をにゃーにゃー言いながら駆《か》け抜《ぬ》けて……可愛《かわい》いけどすっごく怖《こわ》くて……」

「わかった、もういい、大丈夫《だいじょうぶ》。しんどすぎることを思い出させてごめん」

目のハイライトが消えた状態でぷるぷるしだした楓《かえで》の話を慌《あわ》てて遮《さえぎ》るも、

「あのときの光景が頭から離《はな》れなくて……色んな色合いの毛並みが波打つさまが……」

「文学的表現でトラウマを彩《いろど》らなくていいから！　落ち着いて！」

顔の前でぶんぶんと手を振《ふ》る。なぜか手のひらを猫《ねこ》じゃらしでくすぐられた。

「そういうわけで……今も、猫《ねこ》ちゃ……猫《ねこ》は苦手で……好きなのに……」

「なるほどなぁ……」

猫《ねこ》ちゃんと呼びかけたところを拾いたかったが、トラウマを思い出した直後にイジられてもイヤだろうと思ってやめた。

楓《かえで》のトラウマと、先ほどの行動を合わせて考える。

「涼原《すずはら》さんは、トラウマを克服《こくふく》したいんだ？」

薄《うす》い唇《くちびる》を引き結び、スカートをきゅっと握《にぎ》りしめ、小さく頷《うなず》く。

「……猫《ねこ》ちゃんを可愛《かわい》がりたい」

もはや猫《ねこ》ちゃんって完全に言ってる……！　と、悶《もだ》えながらも強い決意に感動する。

「協力できるならしたいけど……。どういう猫《ねこ》だと本当に厳しいとか、逆にこういう猫《ねこ》ならまだなんとかなりそう、とかある？」

楓《かえで》が腕《うで》を組み、親指をおとがいに当てる。凛《りん》とした表情だが、ぴょこんと伸《の》びた猫《ねこ》じゃらしが愛らしい。

「あんまりアグレッシブな猫《ねこ》だと、トラウマを思い出してけっこうキツい……かも」

あ、そうだ……とぽしょりとつぶやく。

「あのとき公園で見かけなかった種類……それこそ、野良猫《のらねこ》でいないような猫《ねこ》ちゃんなら大丈夫《だいじょうぶ》かも」

楓《かえで》の言葉に、我が家の愛猫《あいびょう》であるコタローを思い出す。あまりぐいぐいは来ないが、あざとい仕草をこれでもかと繰《く》り出《だ》す、超絶《ちょうぜつ》甘え上手の我が家の小悪魔《こあくま》。今こうして思い出している姿でさえ、立ち上がってつぶらな瞳《ひとみ》で見つめているのだ。佐久間《さくま》家《け》の脳裏《のうり》にはあのあざとさが刻み込まれている。

「ええと……うちで猫《ねこ》を飼ってるんだけど」

楓《かえで》の目がきらりと光る。天を仰《あお》いだ。今日もよく晴れている。

「……どんな猫《ねこ》ちゃん？」

空いた隙間《すきま》に身を乗り出してくる。ふんすと鳴る荒《あら》い鼻息。不意打ちで殺しにかかるのはやめてほしい。いや、もっとやってほしい。

「写真はだいたい毎日撮《と》ってるから、見てみる？」

「だいたい毎日って……」

「引いた顔すんのやめてくれる？」

ちょっとショックだった。

スマホのライブラリをすいと巡《めぐ》る。

「この子なんだけど」

先週末撮《と》った写真だった。ひよりがコタローを抱《だ》きしめ、いっしょにお昼寝《ひるね》している写真。絵画にしたいくらい愛おしい光景だ。

「え、あ、え……？　可愛《かわい》い……え？　妹さん？　え、猫《ねこ》ちゃん……え、ふたりともかわい、え、可愛《かわい》い……」

「お、おう、お気に召《め》していただけたようで何より……？」

頰《ほお》を手で挟《はさ》んで楓《かえで》が悶《もだ》えている。言語野がバグり気味だ。

（撮《と》っておいてよかった）

このときはひよりが起きたあとに撮影《さつえい》したことを報告した。ひよりは照れこそしたもののあっさり許してくれた……のだが、

『待ち受けにしてもいいけど』

『いや、それはちょっと』

『あぁん？』

とヤンキーのような絡《から》み方《かた》をしてきた。

「ひより……ああ、妹のことなんだけど。ひよりももう帰ってきてるだろうな」

なんとはなしに言った言葉だったが、楓《かえで》がなにか言いたげに何度もちらちらと見つめてくる。

両手を太ももで挟《はさ》み、しきりにもじもじ、もじもじ。

（まさか……いやいやいやいや、まさかまさかまさかまさか）

頭によぎった可能性を慌《あわ》てて追《お》い払《はら》うが、楓《かえで》の視線はもはや熱視線ともいえるもので。一度払《はら》った可能性がふたたび鎌首《かまくび》をもたげ、脳内の裏拳《うらけん》で払《はら》いのけてもふたたび目の前にやってくる。

『言っちゃえよ、言っちゃえよ』

誰《だれ》ともつかない声が脳内で木霊《こだま》する。ええい、黙《だま》れ黙《だま》れ……と思いはすれど、楓《かえで》の態度からすれば、希望はあるのかもしれない。

これで引かれたらどうする、いや、あくまで軽い提案というテイストで話せば……と、数秒のあいだに目まぐるしく考えた末に。

「えっと……うち、来る？」

「え？　………。………………」

「無の顔になるのやめてくれる？」

スン……と無表情になってしまった。感情が読めないので勘弁《かんべん》してほしい。

「べつに変なことは考えてないか「変態」食い気味に罵《のの》るのはやめて⁉」

頬《ほお》をかき、慎重《しんちょう》に言葉を選ぶ。

「うちの妹と猫《ねこ》に会いたいのかなって思ったんだけど……」

「えっ。えっ、と、それ、は……でも、いや、えっと、そういうのも、やぶさかではないというか……」

前髪《まえがみ》をしきりにちょいちょいといじりながら、目を激しく泳がせる。めんどくさいにも程《ほど》がある返しだが、もはや可愛《かわい》いとしか思えない。

「もし涼原《すずはら》さんがいいなら、ちょっと寄ってみる？」

「う……えっ、と……」

「軽い顔見せくらいの感覚でもいいし。あと、妹も猫《ねこ》もスーパー可愛《かわい》いから」

「う、あぅ、可愛《かわい》い妹さんと猫《ねこ》ちゃんで釣《つ》るなんて卑怯《ひきょう》……極悪《ごくあく》非道のパパラッチ佐久間《さくま》……」

「忘れた頃《ころ》に蒸《む》し返《かえ》された！」

なんというめんどくささ……とは思うものの、こんなやりとりがだんだん楽しく思えてきた。

「そうか……じゃあやめとく？　残念だけど。ほんと可愛《かわい》いんだけど。和《なご》むこと必至なんだけど。行きたくないなら仕方ないかー」

「あ、う……」

楓《かえで》が頬《ほお》を手で挟《はさ》んで目をぐるぐるさせる。

さすがにやりすぎたか……と謝ろうとすると、楓《かえで》が唇《くちびる》を引き結び、目をきつく閉じた。

そろりと目を開け、上目遣《うわめづか》いになり、指をもじもじと絡《から》めたかと思うと、

「い、行く……っ」

「カシコマリマシタ」

「なんで敬語……？」

不意打ちの言葉と仕草に色々とアレな想像をしてしまい、煩悩《ぼんのう》を押し殺すため変な口調になった。

（俺に気があるとかではまったくないにしても……これはひよりとコタローに感謝だな）

思いつつ、トークアプリでひよりに連絡《れんらく》をする。

『今から帰る』

数秒で既読《きどく》がつくと、

『亭主関白《ていしゆかんぱく》テイストで草』

楽しげに文字を打つ妹の姿が目に浮《う》かぶ。

『なに、友達でも連れてくるの？』

『その通り』

『湊《みなと》くん？』

小学生のときから付き合いがあるため、ひよりは湊《みなと》とも仲がいい。真っ先に名前が挙がるのは当然といえるだろう。

けれど、今日の俺は一味ちがうぜぇ……と我ながら鬱陶《うっとう》しさ全開のセリフを脳内でつぶやきながら文字を打つ。

『いや、女子』

既読《きどく》がついたが、今度はすぐに返信がこない。

『え』

一文字だけ返ってきて、そこから十秒ほど待つ。

『それって例の？』

どうやら短いあいだに、ひよりの脳内で高速検索《けんさく》が行われたらしい。

『まあ、そんな感じ』

自分の功績ではないが、それでも勇気を持って誘《さそ》ったのは自分だ。文字を打つ手にちょっとだけ自信がこもる。

『え』

『ちょ』

『マジ？』

ひよりの慌《あわ》てようが目に浮《う》かぶ。

『うん、マジ』

『お兄、こういうイベントは最低でも一週間前には言ってもらわないと困るんだけど』

『こっちにも色々と準備というものがですね』

腕組《うでぐ》みをしてお説教モードになっている妹が目に浮《う》かぶ。実際に説教されるときは正座を強制され、抗議《こうぎ》すれば「今のおぬしに人権などない」と理不尽《りふじん》なことを言われる。しかし説教後は手作りスイーツを振《ふ》る舞《ま》ってくれたりする。アメとムチの高低差がありすぎる。

『え、そんなに？　そんな気張らなくても……』

『ひよりとコタローを見たいらしく』

『え、あたしとコタローの身体目当てなの？』

『語弊《ごへい》しか生まない言い方はやめんさい』

『まあ……そんな感じらしい』

『はぁ……お兄の道のりはまだまだ長いねぇ』

『だまらっしゃい』

『とにかくわかった』

『コタローといっしょに待ってるとしようではないか～』

『(マンチカンがシャドーボクシングをするスタンプ)』

ひよりから送られた、やたらめったら可愛《かわい》いスタンプでやりとりが終わる。

ちらりと横を見やると、楓《かえで》は猫《ねこ》じゃらしをひたすらくるくる回していた。

「ひよりに連絡《れんらく》したから。じゃあ行くとしますかー」

「おうちまではどれくらいなの？」

「ここから歩いて十分もかからないくらい」

「あ、結構近いんだ」

「そうそう」

何気ない会話をしながらふたりで歩く。

(自宅までの道のりを、好きな女の子と歩いてる……！)

楓《かえで》の目的はひよりとコタローだけれど、それでも見ず知らずの男子と同じことはしないだろう。伊織《いおり》にとっては偉大《いだい》な一歩だ。

家につくまでのわずかな時間での話題は、ひよりとコタローのこと、それから美鈴《みすず》についてだった。楓《かえで》が興味を持っていることに加え、共通の友人の話題。何気なさを装《よそお》いながらも、伊《い》織《おり》は頭をフル回転させて楓《かえで》と会話していた。楓《かえで》の性格的に盛り上げる必要はない。あくまで穏《おだ》やかに、それでいて楽しく……と何度も自分に言い聞かせた。

マンションの入口にたどりついたときは、ここまであっという間だったようにも、一時間以上過ごしたかのようにも思えた。

「ここの五階だから」

「え、あ、うん」

「……？」

急に歯切れの悪くなった楓《かえで》に首をかしげながら、入口を開けてエレベーターに乗る。さして広くないエレベーターなので、ふたりの距離《きょり》も自然と縮まる。

「涼原《すずはら》さん……その、間違《まちが》ってたらごめんなんだけど……緊張《きんちょう》してる？」

楓《かえで》の背すじがぴしっと伸《の》びる。顔がわかりやすいくらい強張《こわば》っていた。

「……男の子の家に行くの、初めてだなって……さっき、気付いて……」

「あ、そ、そう、ですか……」

思わぬ報告に伊織《いおり》の声まで上ずる。

エレベーターが開いたところで同じ階の住人とすれちがう。顔なじみのおばちゃんだ。いつも通り会釈《えしゃく》はしたものの、その動きのぎこちなさに「どうしたの？」と心配されてしまった。

×　×　×

「ただいまー」

「お、お邪魔《じゃま》します」

リビングからとたたと軽《かろ》やかな足音が近づいてくる。

「はーいおかえりなさい可愛《かわい》い！」

「「ええ⁉」」

満面の笑《え》みを浮《う》かべて迎《むか》えてくれたひよりが、楓《かえで》を見るなり両手で口を覆《おお》ってへたり込んだ。

伊織《いおり》と楓《かえで》がそろって慌《あわ》て、伊織《いおり》が靴《くつ》を脱《ぬ》いでひよりを抱《だ》きしめる。

「おい、ひより⁉　大丈夫《だいじょうぶ》か⁉」

「うぅ……お兄……っ」

「身体と、それと頭は大丈夫《だいじょうぶ》か⁉」

「なめらかにディスるのやめんかこんにゃろう……」

まあまあ強めのボディブローを二発もらった。

「はじめまして……佐久間《さくま》ひよりです……兄がお世話になってます……」

「あ、涼原楓《すずはらかえで》です……」

伊織《いおり》に抱《だ》きしめられたひよりが目を細める。

「ふわぁ……名前まで素敵《すてき》……あ、もう大丈夫《だいじょうぶ》なんで、ふたりとも先に手洗いうがいをおねしやす」

「「あ、はい」」

妹の切《き》り替《か》えの早さが尋常《じんじょう》じゃなかった。

洗面所で手洗いうがいを済ませる。楓《かえで》が同じことを同じ場所で行なっていることが嬉《うれ》しすぎて、脳内で右腕《みぎうで》を高く掲《かか》げて「我が人生に一片《いっぺん》の悔《く》いなし」とつぶやいた。

「楓《かえで》さん、って呼んでいいですか？　あたしには敬語はいらないんで！」

「うん……わかった。その呼び方で大丈夫《だいじょうぶ》」

楓《かえで》がやわらかく目を細める。ひよりが目を見開いて頰《ほお》を赤らめた。

「（お兄、ちょっとこっち来て）」

興味深そうにリビングを見回す楓《かえで》の後ろで、ひよりが口パクで手招きをする。顔を寄せると、ひよりは耳に唇《くちびる》を押し当てんばかりに近付いた。

「お兄、とんでもない上玉に目をつけたもんですなぁ」

「世代がふたつみっつ上の言い方だぞそれ……」

「配信ですっごい昔の映画があって、最近クラスで流行《はや》ってるの」

「中三のクラスで？　すごいなそれ」

兄妹《きょうだい》でぽしょぽしょと内緒話《ないしょばなし》をしていると、楓《かえで》がきょろきょろ何かを探す仕草をしていることに気付く。

「ああ、コタローならたしか――」

ひよりがキッチンを覗《のぞ》き込《こ》むと同時に、

「みゃー」

マンチカンのコタローがとっとこと姿を現した。

楓《かえで》をちらりと見る。

目を見開いたまま停止していた。

「楓《かえで》さん⁉　どうしたんですか⁉」

「可愛《かわい》さのあまり活動を停止してしまったようだ……」

「お兄、シリアス顔でアホみたいなこと言わないで！」

楓《かえで》がはっと我に返る。

「す、すっごく可愛《かわい》い……わー、わー、わー……」

「涼原《すずはら》さん、コタローはまだ全力を出してないから油断しないほうがいい」

「ぜ、全力……っ？」

楓《かえで》がこくりと喉《のど》を鳴らす。コタローがあまりに可愛《かわい》いためか、楓《かえで》が来訪してくれたことにより上がりに上がっている伊織《いおり》のテンションについてきてくれる。

「コタローの真価は、立ち上がったときに発揮されるのですよ」

ふっふっふと伊織《いおり》が笑っていると、

「みゃー」

コタローが楓《かえで》の足元に歩み寄り、

「みゃ？」

小首をかしげ、

「みゃ！」

ひょい、と立ち上がった。

「かわ……い……っ」

楓《かえで》が手の甲《こう》をおでこに当て、儚《はかな》げに立《た》ち眩《くら》みを起こした。

「楓《かえで》さん⁉　あぶな……やわらかいい匂《にお》い⁉」

倒《たお》れかかった楓《かえで》を抱《だ》きとめたひよりが叫《さけ》ぶ。

「落ち着けひより。羨《うらや》ましいぞ」

「お兄も落ち着いて？」

兄妹《きょうだい》そろって深く息を吐《は》いて、吸って、吐《は》いた。

「ご、ごめんなさい……あまりにも可愛《かわい》くて……」

「「気持ちはわかるので大丈夫《だいじょうぶ》（です）」」

「う、うん……？」

マジの目でシンクロする兄妹《きょうだい》に楓《かえで》がたじろいだ。

×　×　×

ソファに座って一息つく。片方のソファに端《はし》から伊織《いおり》、コタロー、楓《かえで》が、そしてもう片方のソファにひよりが座る。

「コタロウちゃん、ほんとに可愛《かわい》い……」

つぶらな瞳《ひとみ》で見つめる愛猫《あいびょう》に楓《かえで》が目を細めるのを見て、佐久間《さくま》兄妹《きょうだい》は、

「あ、コタローな。コタロウじゃなくて」

「そうです、コタローです」

遠慮《えんりょ》のないダメ出しを与《あた》えた。

「ご、ごめんなさい……？」

ぽしょぽしょと「こだわりが強い……」とつぶやいた楓《かえで》が、コタローを見ながら手を浮《う》かし、すぐに下ろした。

「涼原《すずはら》さん。コタローはおとなしいから大丈夫《だいじょうぶ》」

楓《かえで》がわずかに目を見開き、コタローのちっちゃな頭にそろりと手を伸《の》ばす。

「みゃー?」

コタローが伸《の》びてきた手に気付くと、楓《かえで》はびくりと手を止めてしまう。

いちど手を引っ込めようとしたが、

「みゃー」

お好きにどうぞー、と言わんばかりにコタローが気持ちよさげに目を閉じる。楓《かえで》と目が合った。大丈夫《だいじょうぶ》だから、と伊織《いおり》が目で訴《うった》えて頷《うなず》く。

「し、失礼、します……っ」

楓《かえで》の手が、コタローの頭にぽすりと乗った。すらりとした手はかすかに震《ふる》えている。

「みゃー」

コタローがふやけた声を漏《も》らす。

「はぁ……や、やわらかくて、丸くて、あったかくて、可愛《かわい》い……っ」

楓《かえで》の手はまだ震《ふる》えているが、それでもゆっくりとコタローの頭を撫《な》でる。

「あごの下も撫《な》でると喜ぶから」

「こ、こう……?」

伊織《いおり》のアドバイスをもとに、楓《かえで》の指がコタローのあごの下を捉《とら》える。

「ふみゃぁ……」

コタローの声が蕩《とろ》ける。楓《かえで》の目も蕩《とろ》けた。ひよりは事情を察したようで、温かな目で見つめている。

「楓《かえで》さん。しっぽの付け根もオススメですよー」

「そ、そうなの……？　よーし……」

片手であごの下を撫《な》でながら、空いた手でしっぽの付け根をぽんぽん、ぽんぽん。

「ふみゃぁぁ……」

コタローが楓《かえで》に身を寄せ、やわらかな毛をすりすりとこすりつける。さらに喉《のど》をごろごろ鳴らす。

「〜〜〜っ。〜〜〜〜〜っ！」

声をあげてはびっくりさせると思ったのだろうか、楓《かえで》が伊織《いおり》とひよりにキラキラした目を交《こう》互《ご》に向ける。この世の癒《いや》しを凝縮《ぎょうしゅく》したような光景だ。

「涼原《すずはら》さん。もう大丈夫《だいじょうぶ》そう？」

伊織《いおり》の問いかけに、楓《かえで》は目をぱちくりさせ、それからふにっと目を細める。動いている表情筋はごくごく限られているのに、彼女の感情がずいぶん伝わるようになった。

「うん……たぶん、もう大丈夫《だいじょうぶ》。ありがとう」

楓《かえで》の口角が、ほんのかすかに上がった気がした。

ますます好きになるのはもちろんのこと、生きててよかった——とさえ思った。

ひよりは伊織《いおり》と楓《かえで》のやりとりを、嬉《うれ》しそうに見つめていた。

×　×　×

「あれ？　涼原《すずはら》さん、それって……」

楓《かえで》が横に置いていたカバン。そこから猫《ねこ》のストラップがぴょこんと飛び出ていた。

「……なに？」

怪訝《けげん》な顔をしてストラップを隠《かく》すが、そのあいだもコタローのあごの下を撫《な》でている。コタローはエンドレス撫《な》で攻撃《こうげき》にもはや骨抜《ほねぬ》きだ。

「いや、なんか年季が入ってるなーって」

「……うん、大事にしてるから」

楓《かえで》が一瞬《いっしゅん》目を細めたかと思えば、

「あんまり見ないで。黒くなりそうだから」

「俺の目にそんな呪力《じゅりょく》はないんだけど」

「『ずずず……』って墨《すみ》みたいなのが侵食《しんしょく》してきたりしない？」

「それ完全にホラーだから⁉」

よほど大事にしているものらしいが、先ほどまでのやわらかな雰囲気《ふんいき》とは打って変わって、触《ふ》れてはいけないような空気を感じる。カバンにストラップをつける生徒は多いし、べつに恥《は》ずかしがることではないはずだが。

眉《まゆ》をひそめて、ずももも……と黒いオーラを幻視《げんし》するほど剣呑《けんのん》な雰囲気《ふんいき》を醸《かも》す楓《かえで》に、伊織《いおり》はため息を漏《も》らす。

ひよりはそんなふたりを見て、

「お兄と楓《かえで》さんって、仲いいですねー」

楓《かえで》がぴくりと震《ふる》え、ゆっくりとひよりのほうを向く。ぎぎぎ、と音がせんばかりの動きと真顔に、ひよりが「ぴゃっ⁉」と可愛《かわい》らしい悲鳴をあげた。

楓《かえで》が立ち上がり、ひよりにじりじりと近寄る。

「え、なに⁉　なんですか⁉　美人が身構えてるのすっごい怖《こわ》いんですけど⁉」

ひよりがソファの端《はし》まで後ずさる。ホラー映画の撮影《さつえい》シーンを見ている気分だ。

「この期に及《およ》んでさらに羞恥心《しゅうちしん》を煽《あお》るとは……全力で愛《め》でてくれる……」

楓《かえで》が無表情のまま両手をわきわきさせている。新手の変態さん、といった感じ。

「お兄！　楓《かえで》さんが変になった！　あれ、でもあたしは会ったばっかりで楓《かえで》さんのことまだ全然知らないから、正確には変な一面を知ったというのが正しい……？」

「とりあえず、ふたりともいったん落ち着いてくれ……」

「みゃー？」

コタローがこてんと小首をかしげ、三人が総崩《そうくず》れになる。我が家の小悪魔《こあくま》は無敵だ。

楓《かえで》がこほんと小さく咳払《せきばら》いをしてソファに座りなおす。コタローのしっぽの付け根を撫《な》でながら、猫《ねこ》のストラップを愛おしげに撫《な》でた。

「ふだんは外から見えないようにしてるんだけど……」

「コタローの可愛《かわい》さに動揺《どうよう》して、それどころじゃなくなってたと？」

「……うん。そんな感じ」

当たっていたらしい。

「隠《かく》さなくてもよくないか？　可愛《かわい》いんだし」

伊織《いおり》の何気ない言葉に楓《かえで》がうつむく。長いまつ毛が影《かげ》を作った。

「……バカにされたことがあるから」

「ん、わかった。ごめん」

「え、あ、え……っ？」

ひざに手をついて謝る伊織《いおり》に、楓《かえで》が慌《あわ》てる。

「べ、べつに気にしなくていいから……」

「いや、お詫《わ》びにコタローをますます愛《め》でていただきたく」

コタローを抱《だ》っこする。

「みゃー」

にょいんと伸《の》びた胴《どう》。剝《む》き出《だ》しになったお腹《なか》に楓《かえで》の口がゆるむ。

「こちらにお引越《ひっこ》しを……よっ、と」

楓《かえで》の太ももにコタローを着地させる。

「みゃー？　みゃ〜〜」

コタローは楓《かえで》の太ももの上で器用に立ち上がると、

「あっ、ひゃっ？　こっ、こらっ、もう……っ」

てしっ、たゆんっ、てしっ、たゆんっ。

よりによって、胸を前足でてしてしと叩《たた》きはじめた。

（予想外のイベント！）

猫《ねこ》パンチで生じる刺激《しげき》の強すぎるさざ波から、首がちぎれんばかりに顔をそむける。

「（お兄のドスケベ）」

ひよりの口パクが胸に刺《さ》さる。わざとではないから勘弁《かんべん》してほしい。

「可愛《かわい》いなぁ君は。……こっちにどうぞ？」

コタローの猫《ねこ》パンチを受け止め、太ももの上でうつ伏《ぶ》せにする。あごの下を撫《な》でると喉《のど》をごろごろと鳴らして目を閉じた。

「そのストラップはご家族のプレゼントとか？」

年季を感じるストラップに向ける楓《かえで》の視線は温かい。

「これは……小学生のときに、おばあちゃんが作ってくれたの」

「へえ……どうりで味があると思った」

既製品《きせいひん》と言われても違和感《いわかん》がない出来栄《できば》えではあるが、言われてみれば確かに手作りの趣《おもむき》がある。

「ずっと持ってるから……なんていうか、お守りみたいな感じ」

「大事にしてるんだな」

「……うん」

楓《かえで》がほんのりと頬《ほお》を赤らめ、前髪《まえがみ》をいじる。

「私にとってのお守りはこのストラップだけど……パパラッチにとってのお守りはカメラ？」

「その設定まだ生きてたの？」

「お兄？　パパラッチってなに？　またやらかしたの？」

「『また』ってなんだよ!?　初犯だから！　いや、初犯でもないけど！」

楓《かえで》とひよりから向けられる理不尽《りふじん》なジト目に慌《あわ》ててツッコむと、ひよりはけらけらと楽しげに笑い。

「みゃー？」

楓《かえで》は、コタローを抱《だ》っこして口元を隠《かく》し、穏《おだ》やかに目を細めた。

（え、何そのお茶目すぎる仕草は？）

伊織《いおり》は思わず遠い目をした。この仕草は反則にも程《ほど》がある。

それからしばらく談笑《だんしょう》して、楓《かえで》は帰宅した。家まで送るといったものの、まだ明るいから大《だい》丈夫《じょうぶ》と言われ、

「パパラッチに送ってもらうとか、情報がダダ洩《も》れになるし……」

「ここまで引っ張るっていっそ清々《すがすが》しいな」

などといったやりとりをして、楓《かえで》は帰っていった。

「……お兄」

「ん、どうした？」

「楓《かえで》さんがお義姉《ねえ》さんになったら、あたしはとてつもなく嬉《うれ》しいんですが」

「そんなコテコテの恥《は》ずかしいことを言うんじゃありません」

あたしは大マジなんだけどなー、とつぶやきながら、ひよりがコタローを抱《だ》っこする。

「みゃー」

「むおっ」

やわらかなお腹《なか》を顔にくっつけられ、変な声が出てしまった。

×　　×　　×

『いおりんいおりん』

数日後の夜のこと。
リビングでくつろいでいると、美鈴《みすず》からメッセージが届いた。
『二回続けて呼ぶとなんかの通知音みたいだな』
『たしかに～』
『(なんでやねん！」と猫《ねこ》がツッコんでいるスタンプ)』
美鈴《みすず》とのやりとりはいつもゆるゆるだ。
『ところでですね旦那《だんな》』
『急にどうしたんだ』
『わたし、うちで猫《ねこ》を飼ってるんだ』
『そうなんだ。うちもだわ』
『知ってる知ってる～』
(あれ、言ったことあるっけ?)
『すっごい可愛《かわい》い写真が撮《と》れたのでお見せしまーす』
『ふむ。どうぞ』
写真が送られてきた瞬間《しゅんかん》、伊織《いおり》はソファから跳《は》ね起《お》きた。
映っていたのは理知的な猫《ねこ》だった。たしかロシアンブルーという種類だったか。
だが問題はそれよりも、その子を抱《だ》っこしている楓《かえで》の存在だった。

カメラを向けると緊張した面持《おもも》ちで、それでも嬉《うれ》しそうに猫《ねこ》を抱《だ》っこしている楓《かえで》の写真。カメラを向こうとして、けれど恥《は》ずかしくて少しだけ逸《そ》らしたであろう視線。

(ちょっと待て、これは、これは……っ!)

震《ふる》える指で返事を打つ。

『ぼくはしにました』

『平仮名《ひらがな》での感想いただきましたー!』

美鈴《みすず》がいたずら成功とばかりに笑っているのが目に浮《う》かぶ。

『ありがとうございます』

『どういたしまして』

保存していいかを尋《たず》ねようとしたが、片思い中の女子の写真を保存するというのはどうなんだろうか……いやでも、美鈴《みすず》さんから送ってもらったんだし……などと思っていると。

『あ、そういえば』

『この写真をいおりんに送ってもいいって、楓《かえで》からは許可もらってるからね～』

「マジで!?」

思わず声を出してしまった。

『本人的には「トラウマ克服《こくふく》の報告」って感じなんだろうけど……いおりんにとっては最高の

ご褒美《ほうび》でしかないよね～？』

『そうですけどなにか？』

美鈴《みすず》がけらけらと笑う姿が目に浮《う》かぶ。

『開き直った！』

「お兄～、さっきから何騒《さわ》いでんの～可愛《かわい》い⁉　え、可愛《かわい》い⁉」

楓《かえで》の猫《ねこ》だっこの写真を見せるなり、ひよりが盛大《せいだい》に混乱した。ポニーテールがぶんぶんと揺れる。

『ロック画面に設定するもよし、ホーム画面に設定するもよし、両方に設定するもよし！』

『俺が保存するのは確定なんだな……』

『え？　もうしたでしょ？』

『しましたけども』

楓《かえで》の許可を得ていると聞いた瞬間《しゅんかん》に保存していた。

『いおりんの欲求剝《む》き出《だ》しなとこ、きらいじゃないぜ』

『字面《じづら》が露骨《ろこつ》すぎてつらいからやめて？』

『いおりん@欲求剝《む》き出《だ》し』

『アカウント名みたいになってるから』

『いおりん@欲求剝《む》き出《だ》しFes7／15』

『すごい名前のイベントに参加予定の人になってる！』

このあと、ひたすらボケる美鈴《みすず》にツッコみつづけ、最後は美鈴《みすず》の「ってか眠《ねむ》いんですけど」という逆ギレに「理不尽《りふじん》か！　おやすみ！」と返してやりとりが終わった。

（うーん、可愛《かわい》い）

理知的なロシアンブルーと銀髪碧眼《ぎんぱつへきがん》の楓《かえで》、という組み合わせがとてもいい。美鈴《みすず》は冗談《じょうだん》で言っていたが、本当に待ち受けに設定したくなるくらいには愛らしかった。

Interlude

伊織《いおり》とのやりとりを終え、楓《かえで》の様子を確認《かくにん》する。

ロシアンブルーの愛猫《あいびょう》を抱《だ》っこした楓《かえで》が、上機嫌《じょうきげん》に笑っている。

（うーん、可愛《かわい》いなぁ）

愛猫《あいびょう》はもちろんのこと、長年のトラウマを克服《こくふく》して猫《ねこ》を愛《め》でている親友の表情は、美鈴《みすず》もなかなかお目にかかれないくらいに可愛《かわい》らしい。

「楓《かえで》、よかったね」

「うん……ほんとに」

愛猫《あいびょう》のあごの下やしっぽの付け根を撫《な》でながら微笑《ほほえ》む。どうやら伊織《いおり》の家できちんと学んできたらしい。向こうの猫《ねこ》はマンチカンとのこと。我が家の愛猫《あいびょう》とはちがうタイプの愛くるしさの塊《かたまり》だ。

「まさか楓《かえで》がいおりんの家に行くとはね～。わたしもびっくりしたよ」

楓《かえで》の動きがぴたりと止まる。

「それは……蒸《む》し返《かえ》さないで……すっごく恥《は》ずかしいから……」

「でも、トラウマを克服《こくふく》するいい機会だったでしょ？」

「それは……うん、感謝してる。ほんとに」

入学したての頃伊織《いおり》の話を出すとわかりやすいくらい眉《まゆ》をひそめていたのだけれど、ここ最近……特に伊織《いおり》の家に行った日からは、本当にやわらかい表情を浮《う》かべるようになった。美鈴《みすず》しかわからない程度の小さな変化だが、もしかしたら伊織《いおり》も楓《かえで》の表情の変化に気付いているかもしれない。

(いおりん、やるなー)

出会った頃はいかにもぎこちないアプローチしかしていなかった彼が、目に見えて成長している。

同い年にも関わらず、美鈴《みすず》は伊織《いおり》のお姉さんのような気持ちになっていた。

第六章　雨降って地固まる

楓《かえで》は、ちょっとだけ戸惑《とまど》っていた。

「涼原《すずはら》さん、おはよう」

朝、教室の席につくなりかけられる言葉。

「……ん、お、おはよう」

口の中で言葉を転がし、なんとか平静を装《よそお》って返事をする。ちょっとどもったけれど、家族と美鈴《みすず》以外の人でこれくらいなめらかに話せるならば御《おん》の字《じ》だ。

朝のホームルームまではあと少し時間があった。前の席の美鈴《みすず》と話そうかと思ったが、美鈴《みすず》はその隣《となり》――伊織《いおり》の前の席に座る湊《みなと》と話し込んでいる。なんだかふたりの仲が最近いい気がするけれど、美鈴《みすず》に聞いてもはぐらかされる。これは今度尋問《じんもん》（＝話すまで「だーれだ？」をやり続ける、とか。おんぶして街中を走り回る、とか、そんな感じだ）をする必要がありそうだ。

楓《かえで》の朝の行動はルーティンとも言えるほどだいたい決まっていた。

美鈴《みすず》と話す。

美鈴《みすず》が誰かと喋っていたら、今日の授業の予習の復習（なんだか変な言い回しだ）をする。

それも飽きたら、家の書斎から持ってきた本を読む。

これからもきっと、毎朝こんな感じで過ごすんだろうなーと思っていたのだけれど……。

「涼原《すずはら》さん。あれから遊歩道で猫《ねこ》に会えた？」

──日々の行動の選択肢《せんたくし》に、『佐久間伊織《さくまいおり》と会話をする』という行動が含《ふく》まれるようになったのは、いつからだろうか。

「ん……あの茶色い子に、会えた」

前髪《まえがみ》をつまみながら話す。初めの頃《ころ》は警戒心《けいかいしん》ＭＡＸだったこともあり、美鈴《みすず》の後ろに隠《かく》れていた。それからしばらくしたら、自然とノートで顔を隠《かく》すようになり、そして今は、こうして自分の髪《かみ》をいじりながらなら、なんとか話せるようになった。

「そっか。よかった」

楓《かえで》の返事に伊織《いおり》が嬉《うれ》しそうに笑う。パパラッチ呼ばわりしていた頃《ころ》（今も一日一回は呼んでいるが）は考えもしなかったけれど、落ち着いてこの人の笑顔《えがお》を見ると、なんだか日なたの匂《にお》いがするなぁと思う。自分の顔を鏡で見ると冷たい冬を連想しがちだから、この人の笑顔《えがお》を見るとなんだか安心する気が……しないでもない、かもしれない。

今までも、たまに話しかけてくる男子はいた。しかしどの人も、「趣味《しゅみ》はなんなの？」「最近見た映画は？」「今度スイーツ食べに行こうよ」などと言葉の弾丸《だんがん》を並べ立て、楓《かえで》が戸惑《とまど》っているあいだに友人がやんわりと止めてくれる……といったパターンばかりだった。アイドルの握手会《あくしゅかい》で言うところの『はがし』の映像を見たとき、友人の行動にそっくりだなーと思ってしまった。

けれど伊織《いおり》は、あくまで楓《かえで》のペースに合わせてくれる。

「お近づきになれた？」

「ん……猫《ねこ》じゃらしで、たぶらかすことに成功した次第《しだい》」

「言い方言い方」

伊織《いおり》が困ったように笑う。自分はどうも、緊張《きんちょう》すると変な語尾《ごび》を使いたがるきらいがあるようだ。最近知ったことだった。

「その……ひよりちゃんとコタローちゃんは元気？」

「元気いっぱいだなー。あと、そのちゃん付けは今度ぜひ本人の前でしてほしいかも。たぶん悶絶《もんぜつ》してむせび泣くから」

「佐久間《さくま》兄妹《きょうだい》の情緒《じょうちょ》ってどうなってるの……？」

伊織《いおり》が笑い、何かを思い出したようにスマホを取り出す。

「そうだ、コタローに悶《もだ》える涼原《すずはら》さんの写真を見せようか。ひよりが撮《と》ってたんだけど」

む。

頰《ほお》を膨《ふく》らましたら、伊織《いおり》はどういうわけか顔をそむけて窓のほうを向いた。ええい、こちらを見ろ、下郎《げろう》めが。いや、すごく失礼だなこれは。

「コタローは元々人懐《ひとなつ》っこいっていうか人たらしっていうか地上に舞《ま》い降《お》りた天使なんだけ

ど」

「褒《ほ》めすぎて、話の前置きだけで一文になってる……」

伊織《いおり》がハッとした。この人はどうやら、妹と猫《ねこ》ちゃんのことを話すときはちょっとトリップするクセがある。シスコンだし、猫《ねこ》、猫《ねこ》……猫《ねこ》コン？　なんだか街コンみたいな言い方になった。猫《ねこ》ちゃんを飼っている人同士のコンパとか、そういうのもありそうだ。

こほん、と伊織《いおり》が咳払《せきばら》いをする。

「コタローも涼原《すずはら》さんにすごく懐《なつ》いてたから、その、よければまたぜひ、うちに寄って、もらえると……」

握《にぎ》り拳《こぶし》を口に当て、文末に向かうにつれどんどんすぼまっていく声。楓《かえで》ははじめは目をぱちくりさせていたが、伊織《いおり》の言わんとしていることに気付いて一気に顔が熱くなった。

先日伊織《いおり》の家に行くときは、完全にひよりとコタローに釣《つ》られていた。可愛《かわい》らしい妹さんとこれまた可愛《かわい》らしい猫《ねこ》ちゃん。その組み合わせに撃《う》ち抜《ぬ》かれ、ぜひとも生で拝みたいと思ってしまった。SNSで見たお店が近くにあると知るやいなや、美鈴《みすず》に電話して即座《そくざ》に行くことがたまにあるけれど、そのときと同じような感覚だった。

けれど、彼の住むマンション（なんだか誤解を招きそうな言い方だ）の前に来たとたん、ハッと我に返った。

男子の家に遊びに行くのは初めて……というカミングアウトをすると、伊織《いおり》の動きも急に鈍《にぶ》くなったことを思い出す。

(あの家に……もう一回……?)

考えただけで猛烈《もうれつ》に恥《は》ずかしくなる。恥《は》ずかしくなるが、いやな気持ちにはまるでならない。

何より、玄関《げんかん》のドアを開けたら、可愛《かわい》い妹さんとマンチカンの天使が……。

「えっと……涼原《すずはら》さん?」

伊織《いおり》の声にハッとする。長めの物思いに耽《ふけ》っていた。

白銀の髪《かみ》を人差し指に巻く。くるくる。ほどいてまた、くるくる。

「……まあ、べつに、うん、私も、ふたりに会いたいし」

「ほんと? やった……っ!」

「あ、ふたりっていうのはひよりちゃんとコタローちゃんだから」

「それは承知してますー……」

伊織《いおり》が困ったように笑った。

顔の熱が引いてくれない。

「うっし、ホームルーム始めるぞー」

担任の先生がやってきて会話が終わる。

挨拶《あいさつ》をして、ホームルームが始まったところでふと思う。

――そういえば、こんなふうに男子と話すのはいつ以来だろうか。

自分に問いかけてみたものの、答えはすぐに浮《う》かんだ。そしてちくり、ぢくりと胸が痛んだ。今の生活に影響《えいきょう》を及《およ》ぼすような人間関係ではないけれど、それでも心に刺《さ》さった小さな棘《とげ》はいまだに抜《ぬ》けない。眠《ねむ》れぬ夜が続くわけでも、人前を歩くことに怯《おび》えるわけでもない。そんな、自伝なら真っ先に押し出すようなつらい出来事だったとは思わない。

それでも、ときどき思い出して、少し悲しくなる。

ちらりと隣《となり》を見やる。

伊織《いおり》は先生が振《ふ》ったネタに対して、いつものように元気にツッコんでいた。たとえを使っているけれど、その前のやりとりを見ていないのですごく不思議なフレーズに聞こえる。

伊織《いおり》には、小さい頃《ころ》の猫《ねこ》のトラウマ（家族に話した際、この話は波打つ猫《ねこ》、略して『波猫《なみねこ》』という、なにかのキャラクターみたいな名称《めいしょう》をつけられた）のことを話せた。元々話すつもりなんてなかったのに、この人の目を見ているうちに自然と話していた。

この人にはもしかしたら、自分の抱《かか》えるもやもやをもう少しくらい話してもいいのかもしれない。

あくまでも何でもない話の延長線上で、「そういえば」くらいの切り出し方で。

そしたら、自分はちょっとくらい前に進める気がする。

「きりーつ」

日直の声にハッとする。自分は何を考えていたんだろう。

思春期と呼ばれる時期を迎《むか》えてから、ひとりの男子とこんなに関わったことがなかった。だからこんなふうに、あれやこれや考えてしまうのだろうか。

「…………」

ちらりと隣《となり》を見やる。

伊織《いおり》は、一限目の数学の教科書の準備をして、今日習う範囲《はんい》の公式をぺらぺらと見るなり、

「なるほどわからん」

誰《だれ》に聞こえるでもない独り言をつぶやいていた。

思わずぷっ、と噴《ふ》き出《だ》すと、伊織《いおり》はこちらを見て首をかしげた。

楓《かえで》はすぐさま顔をそむけ、何でもないフリをした。

まだまだ緊張《きんちょう》はするけれど、こんなふうに話せる男子ができるなんて思わなかった。

というか、いきなり家に行く自分にびっくりした。

だから。

楓《かえで》は——ちょっとだけ、戸惑《とまど》っていた。

「美鈴《みすず》、ごはん食べよ？」

昼休みに入り、美鈴《みすず》に声をかける。普通《ふつう》に振《ふ》り向《む》けばいいのに、椅子《いす》を後ろに傾《かたむ》けて上下逆さまの顔で見つめてきた。

「んぉー？　いいよー」

目の前のほっぺたをむにっと挟《はさ》む。

「うむむむ」

美鈴《みすず》がやたらめったら可愛《かわい》らしい声で唸《うな》る。天使か。

話を聞いてほしかったので、今日はふたりでご飯を食べたい……という旨《むね》を伝えようとすると。

「ほんじゃ行こっか。先に購買《こうばい》でいい？」

美鈴《みすず》がするりと立ち上がり、いつもお昼をいっしょにとっている女子グループに手を振《ふ》ってさっさと教室を出ていく。

「え、あ、美鈴《みすず》……？　その、なんでわかったの……？」

「なーんか話したそうにしてるからねー。楓《かえで》の表情って、ファミレスの間違《まち》い探しなら十個中九番目か最後に見つけるレベルなのに、なーんかわかりやすいんだよね」

地味にショックだった。後ろから左右のほっぺたをつまみつつ歩く。

「あーうーいーいーぅーいー（歩きにくいー）」

文句を言いながらも美鈴《みすず》は楽しそう。

購買《こうばい》でいつものように追加食糧《しょくりょう》であるパンを買い、昇降口《しょうこうぐち》の横にあるベンチに座る。日によってにぎわっていたりそうでなかったりするが、さいわい今日は誰《だれ》もいなかった。

弁当箱を開いて、ふたりでいただきますをする。

「ほんでー？　いおりんの何についてお悩《なや》みなのかな～？」

一口目の卵焼きを危《あや》うく噴《ふ》き出《だ》すところだった。

「…………」

「ごめんごめん、え、何その構え⁉　チョップ⁉　肩《かた》にチョップでもする気⁉」

手を引っ込め、こほんこほんと咳払《せきばら》い。

「……なぜわかった？」

「可愛《かわい》すぎてぜんぜんシリアスになってないんだけど」

美鈴《みすず》がけらけらと笑う。顔が熱い。

「その……どう言えばいいかわかんないんだけど……」

べつに、伊織《いおり》から何か重大なことを告げられたわけでもない。美鈴《みすず》に話したいとは思えど、そんなはっきりとした相談もないのだ。自分から誘《さそ》っておいてなんという体《てい》たらく……と思うも、美鈴《みすず》はこんな自分に慣れっこなのか、やわらかく微笑《ほほえ》んで待ってくれている。

今の気持ちを素直《すなお》に伝えればいい。そう、素直《すなお》に。

……。

「……パパラッチの扱《あつか》いを今後どうしようかと……」

「考えうる限り最悪のいい方になっちゃった！」

美鈴《みすず》がお腹《なか》を抱《かか》えて笑い声をあげ、心地《ここち》好《よ》い声が開けた空間に響《ひび》く。

「はー、はぁぁ……楓《かえで》はほんと可愛《かわい》いなぁ、も～」

美鈴《みすず》が目じりの涙《なみだ》をぬぐう。そこまで笑わなくてもいいのに……。

「ま、きっちり聞きたいことをまとめるってのも大変だしねー。とりあえず思ってることをつらつら言ってみ？」

「ありがと……。だいたい二時間くらいかかるけど、いい？」

「長編映画の尺！」

美鈴《みすず》がまたしても笑う。おかげで張《は》り詰《つ》めた神経が少しほどけた。

「えっとね……」

ぽつり、ぽつりと、最近考えていたことを話し始める。

美鈴《みすず》は茶々を入れることなく、優《やさ》しい笑《え》みを浮《う》かべて相槌《あいづち》を打ってくれる。

気が付けば、楓《かえで》は夢中で話していた。

「まー、楓《かえで》にとってそれなりに距離《きょり》が近い男子がいてもいいんじゃない？」

ひととおり話すと、五秒と経《た》たないうちに美鈴《みすず》が結論をくだした。

「え……それだけ？」

「うん、これだけ」

話を整理しよっか、と美鈴《みすず》がつぶやく。彼女はいつの間にかお弁当をすべて食べていたが、楓《かえで》はお弁当もパンも残っている。慌《あわ》てて食べながら美鈴《みすず》の話を聞くことにする。

「楓《かえで》にとって、いおりんは近くにいてもべつにいやじゃないんだよね？」

もっ、もっ、とご飯を頬張《ほおば》りながらうなずく。

「ふたりで話したとしても緊張《きんちょう》はしない？」

こくり、と飲み込んで、斜《なな》め上《うえ》を向いて考える。

「緊張《きんちょう》は……まだ、するにはするけど……美鈴《みすず》以外の女子と話すときよりも緊張《きんちょう》しない、かも」

「おーマジか！　やるなーいおりん」

教室の方角に美鈴《みすず》が拍手《はくしゅ》を送る。

「それでそれで？　いおりんと話すのは楽しい？」

「へ？　んー……うん。わりと、楽しい……かも」

「それはいいことだ！」

「美鈴《みすず》がお母さんみたいになってる……」

腕《うで》を組んでふふんと笑っている。和《なご》む。

「恋愛《れんあい》感情はある？」

パックのジュースを危《あや》うくつまらせるところだった。

「……そういうのは……わかんない」

顔をそむけ、

「……だって、初恋《はつこい》もまだだし」

顔を戻《もど》すと、美鈴《みすず》がいなかった。

あれ？　ホラーかな？　と本気でびびっていると。

「か～わいいな～～もう！」

いつの間にか回り込んでいた美鈴《みすず》に、後ろから抱《だ》きつかれた。

「ひゃぅぉわっ⁉」

「びびびびっくりしたぁ……」

大きさが倍になったのかと思うほど心臓が激しく鳴っている。美鈴《みすず》は楓《かえで》の頬《ほお》に自分のほっぺたをうにうにとこすりつけてきた。

「とりあえず、いおりんとはゆっくり接していけばいいんじゃない？　気持ちが変わることもあれば、変わらないこともあるかもしれないけど。せっかく男子と話せるようになったんだから、もっと話さないと……あーいや、そんな義務感に駆《か》られなくてもいいんだけどね？　ただ、まあ……あんまり難しく考えずにのんびり行こ？　のんびり」

「そう……だね。うん、ありがと。……美鈴《みすず》はやっぱり優《やさ》しい」

「へっへっへ。どうよ、これが保護者系親友というものだー」

「変な肩書《かたが》き……」

至近距離《きょり》で見つめ合い、くすくすと笑い合った。


気楽に行こうと決めると、少しだけ気持ちが楽になった。相変わらずぽつぽつとではあるが、伊織《いおり》とやりとりをするのはなかなか楽しい。

「それじゃ、また明日」

「……っ！　ま、また明日！」

たまに自分から話しかけると、伊織《いおり》が目に見えてびっくりするのが楽しい。その反応が見たくて、自分から話しかけることが増えた。といっても一日に一～二回だけれど。

それでも、男子とこんなふうにやりとりできるようになるなんて……と、自分に感激さえしていた、とある日の放課後の帰り道。

「……あれ？」

カバンにつけていた猫《ねこ》のストラップが見当たらないことに気付いた。

「楓《かえで》？　どしたの？」

美鈴《みすず》に事情を説明する。今までは極力人目につかないよう、カバンの中に入れていた。しかし最近は伊織《いおり》の言葉のおかげもあり、学校でも隠《かく》すことなく外に出すようになっていた。

「最後に確認《かくにん》したのはいつかわかる？」

尋《たず》ねられ、記憶《きおく》をたどる。ここ数日はしきりに考え事をしていたこともあり、ストラップの存在を気にする頻度《ひんど》が減っていた。昨日学校に出発する前にちょんと撫《な》でたことは覚えているが、そのあとの記憶《きおく》は定《さだ》かではない。

「オッケ、わかった。そうなると……一日半のあいだに移動した範囲《はんい》かー」

「うん。……あの、美鈴《みすず》？　無理に手伝わなくてもふわぁっ⁉」

抱《だ》きつかれ、甲高《かんだか》い悲鳴をあげてしまう。

「なーに言ってんの！　おばあちゃんの大事なプレゼントでしょ？　手伝うに決まってるってー」

「……そっか。ありがと、美鈴《みすず》」

美鈴《みすず》がにぱっと笑う。この笑顔《えがお》に何度救われただろうか。

ふたりがかりなら、きっとすぐ見つかるはず。

そう思ったものの——この日は学校に戻《もど》って一時間以上探しても見つからなかった。

昨日の放課後は美鈴《みすず》と街を出歩いていたため、行動範囲《はんい》が一気に広がっていた。

美鈴《みすず》は明日以降も手伝うと言ってくれたが、ふたりで探したからといって必ず見つかるとは限らない。帰《かえ》り際《ぎわ》など、あくまで限られた時間だけいっしょに探してくれれば充分《じゅうぶん》……とだけ伝えた。

部屋に戻《もど》り、カバンに手を入れる。

幼い頃《ころ》から持っているストラップは、もはやお守りのようになっていた。不安なときや悲しいとき、いつもあのストラップに力をもらっていた。

「……こんなお別れしたくない……」

つぶやいた言葉が、静かな部屋にぽとりと落ちた。

翌日、学校に来てからも探し続けた。勉強に支障をきたさない範囲《はんい》で、昼休み以外の短い休みも頻繁《ひんぱん》に教室を出ては探し回った。

（見つからない……）

なくなるまでに動き回った場所はひととおり見てまわった。落とし物として届けられていないかも確認《かくにん》した。それでも、大事な猫《ねこ》のストラップが見つかることはない。

焦燥感《しょうそうかん》に駆《か》られながら席につく。穏《おだ》やかな天気が続いていたが、今日はじっとりと曇《くも》っていた。スマホの天気予報では、ここ数日は不安定な天候が続くとのこと。外を探し回るときに雨が降ったらやだな……と、ますます焦《あせ》りが募《つの》る。

思考の幅《はば》が、視界が、どんどん狭《せば》まっていくのを感じる。

「涼原《すずはら》さん……どうしたの？」

伊織《いおり》が気遣《きづか》わしげに尋《たず》ねてくる。

男子。注がれる視線。馬鹿にする声。

いくつもの記憶《きおく》が脳内で湧《わ》きあがり、ぶつかり合い、ため込んでいた感情の一端《いったん》があふれる。

「……なんでもない」

我ながら情けない、と思うほどに棘《とげ》のある声。伊織《いおり》がひるむのがわかる。

わかっている。伊織《いおり》は純粋《じゅんすい》な厚意《こうい》で尋《たず》ねてくれているのだと。

それでも、自分と祖母との大事な思い出を伊織《いおり》と共有することはできない。彼に事情を話すということは、今までよりもさらに自分の心を開け放ち、無防備な部分を見せることになる。

ほんの少し前に、自分から彼に過去のことを話すのもいいのではと考えたこともある。

それに、

『そんなに難しく考えなくてもいいのに』

美鈴《みすず》ならきっとこんな言葉をかけてくれるだろう。

けれど今は、焦《あせ》りに駆《か》られている今は、親友のやわらかな言葉は凍《こお》った心の上《うわ》っ面《つら》を撫《な》でるだけで通り過ぎてしまう。

伊織《いおり》が力のない笑《え》みを浮《う》かべる。

「そっか。……何かあれば言って。俺も手伝うから」

嬉《うれ》しいと思うと同時に――

関係ないんだから、入り込もうとしないで。

少しずつ近付いていた関係を一瞬《いっしゅん》で無に帰すような言葉が喉《のど》までせり上がり、かろうじて飲み込んだ。危なかった。本当に危なかった。

厚意《こうい》を嬉《うれ》しく思う気持ちと、関わらないでほしいという排他的《はいたてき》な気持ち。

矛盾《むじゅん》した感情は胸の内をぐるぐる巡《めぐ》り、心を蝕《むしば》む。

昨日まで集中して聞いていた授業にまるで集中できない。

放課後を迎《むか》え、美鈴《みすず》の手伝いさえも断って外を探し回った。

次の日は美鈴《みすず》と登校することさえ控《ひか》え、遅刻《ちこく》ぎりぎりまで探し回り、休み時間も、放課後も探し回った。

それでも、大事なストラップが見つかることはなかった。

（どこに……どこにあるの……？）

ますます焦《あせ》り、家族にまで心配された。けれど相談するのは怖《こわ》かった。ストラップへの思い入れを、自分以外の人は理解はできても実感はできない。家族に相談して「何をそんなことで」などと言われれば、大事にしてきた想《おも》いまで壊《こわ》れてしまう気がした。

（もう探すところは……あ）

暗くなった帰り道。不意に、まだ外で探していないところがあることにと気付いた。しかし今日はもう、これ以上粘《ねば》っては家族に心配されるだろう。

明日こそ見つける……っ！

どんどん自分の殻《から》に閉じこもっていることに気付きながらも、ストラップを見つけるまでは決して諦《あきら》めまいと硬《かた》く拳《こぶし》を握《にぎ》りしめた。

×　×　×

楓《かえで》の様子が明らかにおかしいことは、彼女が登校してきたときから気付いていた。

いつも通りを心がけてあいさつをしたものの、返ってくるのはそっけない……というよりは、上の空といった返事。異変に気付いた日も、その次の日も、伊織《いおり》は楓《かえで》にろくに話しかけることができなかった。

『楓《かえで》、ストラップを落としちゃったんだ』

美鈴《みすず》から聞けた情報。おそらく、伊織《いおり》の家に遊びに来たさいに見た猫《ねこ》のストラップのことだろう。おばあさんからのプレゼントと聞いていたが、あそこまで必死に探すとなると、それだけかけがえのないものなのだろう。もしかしたら彼女のおばあさんにはもう会えないのかもしれない。幼い頃《ころ》から大事にしてきた形見なら、あれほど必死に探すのも納得《なっとく》できる。

楓《かえで》は明らかに周囲に壁《かべ》を作っていた。伊織《いおり》だけでなく、クラスの女子も、美鈴《みすず》でさえも最低限の会話しかできないほど。乱暴な言葉遣《ことばづか》いをしたりはしないが、踏《ふ》み込《こ》めば容赦《ようしゃ》のない攻撃《こうげき》をしてきそうな、そんなひりついた空気感。

そんな状況《じょうきょう》でも、伊織《いおり》は。

(手伝うことはできないんだろうか……)

楓《かえで》のことをひたすら心配していた。

ここ最近、彼女のまとう雰囲気《ふんいき》が少しずつほぐれ、やわらかくなっている気がした。口数は多くないものの、出会った頃《ころ》からは考えられないくらいごく普通《ふつう》に話せるようになった。

そんな楓《かえで》が、硬《かた》い殻《から》に閉じこもっていることがつらい。おこがましいとはわかっていても、ほんの少しでも彼女の心に寄《よ》り添《そ》うことはできないのだろうか。

「お兄、なにをずっと悩《なや》んでんの～？」

楓《かえで》の異変に気付いてから二日目の夕飯後。

悶々《もんもん》としている伊織《いおり》に、ひよりが優《やさ》しい声音《こわね》で尋《たず》ねた。

「あー……いや、なんでもな」

「楓《かえで》さんのこと？」

ひよりがにひっと笑い、マグカップに入れたホットココアを持って伊織《いおり》の隣《となり》に座る。口にするといつもより甘い。妹は自分が悩《なや》んだり不安を抱《かか》えているとき、ココアをいつもより少しだけ甘くしてくれる。ささいな気遣《きづか》いが無性《むしょう》に嬉《うれ》しい。

「コタロー、こっちおいで？」

「みゃー？」

とっとことやってきた愛猫《あいびょう》のコタローを、ひよりがひょいと抱《だ》き上《あ》げる。

「まあまあ、話してみなさいな。だいじょーぶ。我が家の天使がシリアスな空気を吹《ふ》っ飛《と》ばしてくれるから」

「コタローは無敵だな……」

持ち上げられてみょーんと胴《どう》を伸《の》ばしたコタローが、

「みゃ？」

つぶらな目つきで首をかしげた。ううん、この瞳《ひとみ》を前にしたらとても嘘《うそ》なんてつけそうにない……。

×　×　×

楓《かえで》が最近ぐっと話しやすくなったこと、そして昨日から様子がおかしく、どうやらストラップを探しているらしいが、手伝うに手伝えない雰囲気《ふんいき》であることを、ホットココアを飲みながらゆっくりと話した。

「なーるほどねー。楓《かえで》さんは思い込んだら一直線！　ってタイプなのかなー」

ひよりがマグカップを傾《かたむ》け、「ぷひー」と気の抜《ぬ》けた声を漏《も》らす。太ももにはコタローが寝《ね》そべっていた。

それにしても……とひよりがつぶやく。

「お兄のそういうとこ、昔から変わらないね」

「……そうか？」

「そうだよー。……あたしのときも、そうだったでしょ？」

困ったような笑《え》みを浮《う》かべるひよりは、どこか大人びていた。

ひよりの件は、今も伊織《いおり》の心に尾《お》を引いている。

――小学生の頃《ころ》、ひよりはいじめにあっていた。

本人は「あれくらいならまだ軽いよ」と言っているが……見ていることしかできなかった伊《い》

織《おり》からすれば、いじめが軽かったなどとは間違《まち が》っても思わない。

ひよりは、物を隠《かく》されたり、直接害されることはなかった。

しかし、教室ではひそひそと陰口《かげぐち》をたたかれ、帰り道ではひよりをばかにする歌を歌われた。

両親が忙《いそが》しく、妹の保護者のような立場の伊織《い おり》だったが、その当時少林寺《しょうりんじ》拳法《けんぽう》の道場に通い始め、ひよりの異変に気付くのが遅《おく》れた。

『ん、なんもないよ？』

『だいじょうぶだってー』

『なんでもないってば！』

何度はぐらかされても諦《あきら》めずに尋《たず》ね続《つづ》け、なんとかいじめのことを聞きだすと……その翌日、ひよりをいじめていた児童に殴《なぐ》りかかりそうになった。慌《あわ》てたひよりと先生に止められなかったら、本当に容赦《ようしゃ》なく殴《なぐ》っていたと今でも思う。

伊織《い おり》が乗り込んだからといって状況《じょうきょう》はさして変わらなかった。

ひよりといっしょに帰って守りたかったが、通い始めたばかりの少林寺《しょうりんじ》の練習をさぼっていいものか迷い、帰り道をともにするのは諦《あきら》めた。その代わり、帰ってからひよりとたくさん遊んだり、いっしょに料理をしたりもした。このとき、当時から仲の良かった湊《みなと》もひよりのことを気にかけてくれていて、よく三人で遊んだ。

『お兄と湊《みなと》くんと……それと、いじめられてるときも仲良くしてくれた子は、一生大事にしようと思ってる』

ひよりがそう言って笑ったときの大人びた笑《え》みを、今でも忘れることができない。

伊織《いおり》や湊《みなと》に救われた、とひよりは本心から思っているが、伊織《いおり》の中では今でも「あのとき、ひよりにもっとできることがあったはず」という未練が残っている。

ひよりのクラスのいじめは、まるで当番制のように移り変わった。帰り道でひよりを大声でばかにしていた男子がいじめられたり、それまで目立っていた女子がいじめられたりした。目まぐるしく対象が変わるいじめは黒幕がいるようなものではなく、そうすることでクラス全体の精神の安定を図《はか》る現象のように思われた。

ひよりはいじめに加わることは決してなく、いじめられている子を遊びに誘《さそ》ったりと、むしろ優《やさ》しくケアする側にまわっていた。

まだまだ幼いと思っていた妹が自分よりもしっかりしていると気付き、伊織《いおり》は尊敬の念を抱《いだ》いた。

なお、ひよりがさりげなくケアをした男子は、優《やさ》しいひよりにばっちり惚《ほ》れて何人もが告白してきたらしい。そのたびにひよりは「あ、ごめんなさい、そういうつもりはなくて……」とばっさり断っていた。男子はもれなく泣いたとのこと。

「あのとき、もっとやれたことがあると思うと……」

「まーだ言うんだから～」

ひよりが呆《あき》れ笑《わら》いを浮《う》かべる。口についたココアが愛らしい。

「あの頃《ころ》からじゃない？　お兄がしょっちゅうお節介《せっかい》を焼くようになったのって」

「ん……たしかに、そうかもな」

ちょっとでも困っている人がいると、あの頃《ころ》のひよりが重なって見えてしまい、「いま自分にできることをやらないと後悔《こうかい》する」と思って反射的に助けるようになった。

「あたしはもうぜんっぜん気にしてないのにねー。お兄は優《やさ》しいっていうか、律儀《りちぎ》っていうか、めんどくさいっていうか、ねちっこいっていうか、恨《うら》まれたらめんどそうっていうか……」

「後半ひどくない？」

ひよりがくすくすと笑い、コタローのしっぽの付け根をぽんぽんと撫《な》でる。「みゃー」と気持ちよさそうに鳴いてしっぽをふりふり、ふりふり。

ちなみにひよりは、当時自分をいじめていた子とも普通《ふつう》に遊んでいる。当時のいじめていじめられての関係はだいぶ複雑で、もはやみんな気にしていないとのことだった。

「ま、そこがお兄のいいところでもあるんだけどねー」

ひよりはにひっと笑うと、

「助けてほしくないのに助けようとするのは傲慢《ごうまん》かなって思うけどねー。お兄ってば、自分の判断で助けに行くまでが早すぎて、相手がちょっと引いてるときもよくあるでしょ？」

「うぐ……っ」

「頼《たの》まれてないうちに手を貸しちゃうのはどうかと思うんだよねー、あたしは」

「ちょっと待って、ぐうの音も出ない。泣きそう」

「あとでひざ枕《まくら》してあげる」

「……それで手を打とう」

「お兄の真顔、ネタなのかどうか判断に迷うんだけど」

「なんかごめん」

ひよりがふっと優《やさ》しい笑《え》みを浮《う》かべる。

「……でも、小学校のときのあたしもそうだったけど……人に頼《たよ》るのが苦手な人ってたしかにいると思うんだよね。本当はちょっとでも助けてもらえたら泣きたくなるほど嬉《うれ》しいのに」

だからね……とひよりがマグカップをローテーブルに置き、コタローを抱《かか》えて伊織《いおり》の太ももにころりと寝転《ねころ》がる。伊織《いおり》にひざ枕《まくら》された状態で、ひよりがコタローの前足を持って伊織《いおり》の腹に猫《ねこ》パンチ。なぜに。和《なご》むからいいんだけども。

「お兄が『この人は助けを求めてる！』と思ったら、後先考えずに、ドン引きされるのも構わずに行っちゃうのもいいんじゃない？」

優《やさ》しい声音《こわね》でいったかと思うと、ぷいと顔をそむけ、コタローの前足をぷいぷいと左右に踊《おど》らせる。

「……まあ、猪《いのしし》くらいの勢いでがんがん行っちゃいなよ」

どうやら照れているようだ。

「ひより、顔赤いぞ」

「うっさい。……まあ、なんとかなるんじゃない？　知らんけど」

関西人みたいな締《し》め方《かた》だ。最近人気の動画配信者（関西弁女性）の影響《えいきょう》を受けているのかもしれない。

「さては照れてるな？　おいおい妹が可愛《かわい》いぞどうしたもんかぶはぁっ⁉」

ひよりが起き上がるなりクッションでばふばふと殴《なぐ》ってきた。たまらず倒《たお》れ込《こ》むと、顔にクッション、お腹《なか》にコタローが乗せられた。口を塞《ふさ》がれるのは苦しいがコタローが甘えてくるのは幸せでしかない。

「今日はお兄の大好きなホラー映画を鑑賞《かんしょう》します」

「ちょっと待てそれはなんの拷問《ごうもん》だ」

「えーと、ノイズキャンセリングヘッドホンを用意してー、部屋も暗くしてー」

「やめろやめろ、ホラー好きがガチで楽しむときのセッティングだろそれ！」

コタローもまじえてしばらくはしゃぐと、頭のもやもやが晴れていることに気付く。

「ひより、その……なんだ、うん、ありがとな」

「ん、どーいたしまして」

嬉《うれ》しそうに目を細める妹の頭をぽんぽんと撫《な》でる。

「ココア、もう一杯飲むか？」

「飲むー」

妹が元気に手を挙げるのを見て、

「みゃ？」

ぼくも参加する流れですか？　といわんばかりにコタローが立ち上がり、兄妹《きょうだい》そろってソファに倒《たお》れ伏《ふ》した。

×　×　×

次の日、伊織《いおり》は気合を入れ直して学校に向かった。

「涼原《すずはら》さん、おはよう」

「……ん、おはよう」

返事はしてくれるが、気もそぞろなのは見て明らかだ。ショートホームルームぎりぎりでやってきたところを見ると、今日もあちらこちらを探していたのだろう。

「涼原《すずはら》さん。俺にも何か手伝えることがあったら――」

「大丈夫《だいじょうぶ》だから」

温度のない声で食い気味に遮《さえぎ》られる。怒気《どき》は感じない。けれど、何者も関わらせる気のない強固な意志をひしひしと感じる。

それでも伊織《いおり》は。

（諦《あきら》めてたまるか）

楓《かえで》に本気で拒絶《きょぜつ》されても構わない、と覚悟《かくご》を決めていた。


楓《かえで》がやってきたのは駅の近くにある公園だった。

「ここで、もしかしたら落としたのかも……」

思い当たる場所はもう、ここしかない。一縷《いちる》の望みにすがって探し始める。

この公園の芝生《しばふ》は背が高いものが多く、ストラップくらいの大きさだと簡単に隠《かく》れてしまう。

「はやくでてきて……」

必死で芝生《しばふ》をかき分けながらつぶやく。

呼吸が浅い。目の奥が熱い。どうして身体がこんなにおかしくなっているんだろう？

（そっか、私……）

原因はストラップが見つからない不安だけではない。こうして誰《だれ》にも頼《たよ》らずに行動していると、過去の記憶《きおく》までいっしょに引っ張り出してしまうからだ。

小学生のとき、男子に見た目でからかわれた。美鈴《みすず》や他の女友達がかばってくれたけれど、あのときも自分からは決して相談しようとしなかった。美鈴《みすず》たちが現場を見かけたからこそ助けてくれたのであって、楓《かえで》から助けを求めてはいなかった。

苛烈《かれつ》ないじめを受けたわけではない。中学も女子校に行ったことでおおむね平和だった。

でも、今までずっと、自分は誰《だれ》かに頼《たよ》るのが下手なまま生きてきた。生きてきてしまった。

「あのとき頼《たよ》れなかった」という小さな失敗体験が積み重なって積み重なって、今、美鈴《みすず》の助けさえ借りずにひとりでストラップを探す自分がいる。

脳裏《のうり》によぎったのは、最近少しずつ話すようになった、隣《となり》の席の男子。

彼も自分を助けてくれようとした。でももう遅《おそ》い。明確に拒絶《きよぜつ》したのは自分だから。

「もう、自分で見つけるしかない……っ」

芝生《しばふ》を見つめながら、なけなしの力を振《ふ》り絞《しぼ》って、楓《かえで》はつぶやいた。

×　×　×

その日の放課後。

伊織《いおり》は買い出しのため寄り道していた。いつもは週末にひよりとまとめて買い出しをするのだが、今朝になってひよりが急に「今夜はお兄のエビクリームパスタが食べたい！」と言い出したためだ。

「お兄があっちこっちにふらふらするちょうどいい理由になるんじゃない？」

ひよりに内心感謝しつつ、スーパーへ向かう。今日は買い出し目的のため、自転車移動にしていた。

（ひと雨来そうだな）

近頃《ちかごろ》冴《さ》えない天気が続いていたが、今日は朝から夕方のような暗さだった。見上げれば濁《にご》った厚い雲が立ち込めている。

学校内を探《さが》し尽《つ》くした楓《かえで》の姿を見つけることはできないだろうか、でもそんなに都合よく見つかりはしないか……などと思っていると。

（涼原《すずはら》さん……？）

近くの緑豊かな公園で、楓《かえで》の姿を見つけた。ベンチの周りの芝《しば》は少しばかり背が高く、ストラップくらいの大きさのものを落としたらたちまち見失ってしまいそうだ。

「うわ……マジか」

公園に入って自転車を停《と》めたところで、ぽつりぽつりと雨が降り始めた。さほど冷たさを感じない夏の雨。念のためもってきた傘《かさ》を差すも、楓《かえで》が雨を気にすることなく探し物を続けていることに気付く。

楓《かえで》はベンチにカバンを置いていた。伊《い》織《おり》もカバンを並べて置き、自転車移動時に雨が降ったときっき用のレインコートで覆《おお》う。

伊織《いおり》がすぐ近くまで来ても、楓《かえで》は夢中で探していて一向に気付かない。

「風邪《かぜ》引くぞ」

銀の髪《かみ》がこれ以上濡《ぬ》れないように傘《かさ》を差しかける。楓《かえで》がびくりと跳《は》ね、驚《おどろ》いた顔で振《ふ》り向《む》き、その顔からまたすぐに温度が抜《ぬ》けた。今朝も見た、静かに人を拒絶《きょぜつ》する顔。

「……なんでここにいるの？」

しゃがみこんだまま、芝生《しばふ》に視線を戻《もど》して探し続ける。

「通りかかったんだよ」

楓《かえで》が傘《かさ》の存在に気付き、そんなものは要《い》らないと言わんばかりにするりと移動する。夏の気配がする雨とはいえ、濡《ぬ》れれば風邪《かぜ》を引く。そんなことはわかっているだろうに。

「ここを探してるのはどうして？」

楓《かえで》の動きがぴたりと止まり、ちょっとだけ恥《は》ずかしそうに振《ふ》り向《む》く。横顔以上は見せることのないままに、

「……このあいだ、ここで美鈴《みすず》とクレープを食べたから」

思った以上に可愛《かわい》らしい理由だった。探し物の件を美鈴《みすず》から聞いたことについて言及《げんきゅう》するつもりはないようだ。

「俺も探すの手伝うから」

「いい。かまわないで」

楓《かえで》の声がより強張《こわば》る。すぐ目の前にいるのに、初めて隣《となり》同士の席で話したときよりもずっと、ずっと距離《きより》が遠い。急にさびしさが込み上げた。

雨がわずかに強く、太くなる。風も吹《ふ》いていて、傘《かさ》を頭にくっつけないと飛ばされそうになる。

「いいから。俺も探す」

楓《かえで》の隣《となり》にしゃがむ。傘《かさ》は彼女の頭上に伸《の》ばしたまま。無防備になった伊織《いおり》の身体を雨風が撫《な》でる。

「……なんで？　私はひとりで探したいの。手伝わなくていいから」

ひとり、という言葉に心臓が締め付けられる。楓《かえで》はスカートをまくり、ひざをついていた。綺麗《きれい》な手も、ひざも、泥《どろ》だらけになっている。

「大事なものなんだから……ぜったいに、見つけるんだから……」

風がやみ、楓《かえで》の声が少しだけ聞こえやすくなった。

「どこ……？　やだ、どこ……？　はやく、でてきて……」

伊織《いおり》の存在を忘れたかのように、幼子に戻《もど》ったかのように、よつんばいになって背の高い芝《しば》生《ふ》をかきわける。

雨に濡《ぬ》れているからわかりにくいはずなのに。

楓《かえで》は泣き出しそうになっている、いや、もう泣いている、と思った。

つらい目にあっていたときのひよりの姿が重なる。胸の中に後悔《こうかい》や焦燥感《しょうそうかん》、いら立ちがうずまき、膨《ふく》れ上《あ》がる。

――なんで俺は、涼原《すずはら》さんが泣いてるのをぼーっと見てるんだ？

雨に濡《ぬ》れた身体の芯《しん》に火が灯《とも》る。

すぅぅ、と静かに息を吸った。

「だあぁ！　もう！」

「きゃっ⁉」

伊織《いおり》の声に楓《かえで》が跳《は》ねる。鬱憤《うっぷん》といっしょに吐《は》き出《だ》した声は辺りによく響《ひび》いた。

「え、えっ、と……？」

頭が真っ白になったのか、きょとんとしている楓《かえで》の前にひざをつく。制服の汚《よご》れなどどうでもよかった。

楓《かえで》と正面から向き合う。雨に濡《ぬ》れた綺麗《きれい》な顔。普段《ふだん》であればこんな近い距離《きょり》で見ただけで全身が熱くなること間違《まちが》いなしだ。けれど今は、そんなふうに浮《う》かれている場合じゃない。

「涼原《すずはら》さん」

「は、はいっ」

真剣《しんけん》な声音《こわね》に、楓《かえで》が反射的にひざ立ちのまま背すじをぴしっと伸《の》ばす。律儀《りちぎ》に手をひざについていた。

「強情《ごうじょう》すぎ」

「えっ」

「人の助けはちゃんと借りていいんだっての」

「えっ、あ、その……だって……」

唇《くちびる》を尖《とが》らせる仕草がなんだか幼い。それが微笑《ほほえ》ましくて、少しだけ肩の力が抜《ぬ》けた。

「涼原《すずはら》さん。いい？　俺は、頼《たよ》ってもらってもぜんっぜん迷惑《めいわく》じゃないの！　ていうかそっちのほうが嬉《うれ》しいから！　手伝えないときはちゃんと事情を説明して断るし！」

「あ、う、え、えぇ……？」

「……ごめん、熱くなりすぎた」

目をぱちくりさせて混乱する楓《かえで》に頭を下げ、自分の頬《ほお》をぺちぺち叩《たた》く。

「ただのお節介《せっかい》だと思って。……お願いだから、手伝わせてほしい」

楓《かえで》がかすかに口を開けて閉じる。薄い唇を引き結び、ひざに置いた手をきゅっと握りしめた。

「……私、意地になってたと思う……。ごめんなさい、ありがとう」

今さらだけど、お願い……と今にも消え入りそうな声でつぶやく。楓《かえで》の顔がくしゃりと歪《ゆが》んだ。


「……助けて」

すがるような声に胸が締《し》め付《つ》けられる。

「わかった」

あのときは摑《つか》めなかった、心の中で伸《の》びた助けを求める手。今度はそれを、しっかり、決して手放さないように摑《つか》む。

ぜったいに、意地でも見つけると心に誓《ちか》う。

「手分けして探そう。この公園以外で探すところはある?」

「ううん、もうないはず。交番も聞いて回ったから、道に落ちてることもないだろうし」

「わかった。じゃあ、この芝生《しばふ》が一番怪《あや》しいわけだ」

「うん。……この辺りがかなり怪《あや》しい」

「なんで?」

「……クレープを食べてテンションが上がって、美鈴《みすず》と追いかけっこしてたから」

なにその可愛《かわい》らしい光景?

内心吐血《とけつ》しながら、楓《かえで》の記憶《きおく》をもとに芝生《しばふ》を探す。遊んでいる子どもが気付かずに蹴《け》ってしまったり、あるいは遠くへ投げたり……といった可能性も考え、楓《かえで》と美鈴《みすず》が動き回った場所の周辺にも捜索《そうさく》の手を伸《の》ばす。芝生《しばふ》以外にも生《お》い茂《しげ》った草むらがあり、そこに小さなストラップが紛《まぎ》れているとなると、見つける難易度が格段に上がる。

「ぜったいに見つける……っ」

楓《かえで》のつぶやきには先ほどまでの悲壮感《ひそうかん》はなく、代わりに強い決意がにじんでいる。雨が強くなり、ふたりの身体はもうずぶ濡《ぬ》れだ。それでも構うことなく探し続ける。

五分、十分、十五分と時間が過ぎていく。

「涼原《すずはら》さん。この公園の中でまだ探してないところは？」

「ちょっと待ってて。ええと……」

楓《かえで》が腕《うで》を組み、握《にぎ》り拳《こぶし》をおとがいに添《そ》えて考え込む。雨に打たれる中でも、いや、雨に打たれるからこそ絵になるとさえ思えた。

これだけ必死で探すなんて……。

「よっぽど大事な形見なんだな」

楓《かえで》がぴくりとして、伊織《いおり》を不思議そうに見る。

「……？　何を言ってるの……？」

「へ？　だって、これだけ大事にしてるなら――」

不意に雨が弱まり、

「楓《かえで》？　どうしたの？」

落ち着いた声が耳朶《じだ》をかすめた。

「……へ？」

振《ふ》り返《かえ》るなり、伊織《いおり》は、実に間の抜《ぬ》けた声をあげてしまった。

視線の先に佇《たたず》んでいたのは、美しい女性だった。

肩《かた》より長い銀の髪《かみ》が美しく流れている。両の瞳《ひとみ》は蒼《あお》い。

楓《かえで》と同じ、銀髪碧眼《ぎんぱつへきがん》。

まるで、楓《かえで》が年を重ねて美しくなったような姿。

頭によぎったのは、楓《かえで》の母という可能性だったのだが、

「おばあちゃん……」

「おばあちゃん……？　え、おばあちゃん⁉」

生きてたんかい、とか。若すぎるでしょ、とか。

あらゆるツッコミが頭を過《よぎ》り、パニックになり、何も言えないまま口をぱくぱくさせる。

「ずぶ濡《ぬ》れになってるじゃない。何をしてるの、もう……」

指摘《してき》されて気付く。昂揚《こうよう》して気にならなかったが、もはやプールに飛び込んだのかと思うほどに濡れてしまっていた。

楓《かえで》が胸に置いた手をきゅっと握《にぎ》りしめる。

「だって、だって……おばあちゃんのプレゼントが……」

楓《かえで》の祖母が目をぱちくりさせる。なんだか楓《かえで》と仕草が似ている。いや、正確に言えば楓《かえで》がこの人に似たのか。

「だから最近、ずっとそわそわしてたの？　……そこの男の子は？　もしかしていっしょに探してくれたお友達？」

「この人はパ……クラスメイト」

パパラッチって言おうとしただろ、今。

「初めまして。涼原《すずはら》さんのクラスメイトの佐久間《さくま》といいます。ストラップをいっしょに探してるところでした」

「そうなのね……ありがとう、うちの孫のわがままに付き合ってくれて」

「〜〜……っ！」

楓《かえで》が口をもにょもにょとせる。色々と言いたいことがあったのだろうが、口をつぐむ仕草の可愛《かわい》らしさに撃《う》ち抜《ぬ》かれた。家族の前ではこんな顔をするのか。

「しょうがないわねぇ。また作ってあげるから」

「でも、でも……」

困ったように笑う祖母と、だだをこねる孫という構図。雨に打たれながらも和《なご》んでいると、不意に。

「……ん……？」

かかとに何かが当たる。草むらの絶妙《ぜつみょう》に隠《かく》れた位置から覗《のぞ》いているのは、見覚えのある猫《ねこ》のストラップ。

手に取って掲《かか》げる。濡《ぬ》れてはいるものの、幸いにも泥《どろ》で汚《よご》れてはいなかった。

「あった……！」

楓《かえで》が振《ふ》り向《む》き、目を見開く。

次の瞬間《しゅんかん》、身体が後ろに吹《ふ》き飛《と》んだ。

「がふぅっ⁉」

やわらかな芝生《しばふ》にしたたか背中を打ち付けた。楓《かえで》にタックルされたのだと数秒遅《おく》れで認識《にんしき》する。何か恨《うら》みを買ったっけ……？　いや結構覚えはあるけど……などと考えていると。

「よかった……よかった……っ」

伊織《いおり》の胸に、楓《かえで》がおでこをこすりつけている。声が震《ふる》えている。

（ええと、こういうときは……）

緊張《きんちょう》で手をぷるぷるさせながら、楓《かえで》の頭と背中をぽんぽんと撫《な》でる。

「おやおや……」

祖母が微笑《ほほえ》ましそうに見ていて死ぬほど恥《は》ずかしいが、引《ひ》き離《はな》す気には到底《とうてい》なれなかった。

楓《かえで》をそろりと抱《だ》きしめ、ひとまず上体を起こす。

「ありがとう……ほんとに、ありがとう……」

伊織《いおり》の前で女の子座りをして、伊織《いおり》の手ごとストラップを握《にぎ》りしめ、すん、すんと鼻を鳴らす。

「おばあちゃん、見つかった」

「そうだね、しっかり感謝しないと」

「いや、お礼ならもう充分《じゅうぶん》で……」

どうにも照れくさいので、そろそろ立ち上がろうと思った矢先。

楓《かえで》が、伊織《いおり》をまっすぐに見つめ、

「本当に……ありがとう。佐久間《さくま》くん」

ふわりと、小さな花が咲《さ》いたような笑《え》みを浮《う》かべた。

（う、わ……うわ、うわ……っ）

身体の芯《しん》に熱が灯《とも》り、一気に広がる。肌《はだ》を濡《ぬ》らす雨が残らず蒸発したかのようにさえ思える。

伊織《いおり》に惚《ほ》れるきっかけとなった、あの日の笑《え》みよりは控《ひか》えめで。

けれどいま目の前で見ているのは、間違いなく伊織《いおり》に向けられた笑《え》み。

ていうか急に苗字《みょうじ》で呼んでくれましたけどこの不意打ちずるくないですか、などと脳内が盛《せい》大《だい》なお祭《まつ》り騒《さわ》ぎとなる。

伊織《いおり》の大混乱には気付いていないようだが、祖母は察したようだった。

涼《すず》やかな美貌《びぼう》から一転して、にまーっと、実に楽しそうに笑う。笑いジワは愛嬌《あいきょう》があってと

ても優《やさ》しく、素敵《すてき》な年の重ね方だな、と思った。

「この子は我が孫ながらめんどくさいけど……それでもいい？」

「うぇっ⁉　は、はいっ！　ぜひとも⁉」

途中《とちゅう》で自分の返事に「何言ってんの俺⁉」と気付き、不自然なくらい声が上ずる。楓《かえで》と祖母が目をぱちくりさせ、それからふたりそろって噴《ふ》き出《だ》した。

「佐久間《さくま》くん、なに今の……っ？」

猫《ねこ》のストラップで口元を隠《かく》し、楽しげに笑う。あまりにも無防備な笑《え》みの破壊力《はかいりょく》たるや。返す言葉がまるで浮《う》かばず、ただただ見惚《みと》れてしまう。

「あれ？　やんでる……」

身体を濡《ぬ》らす雨がいつの間にか降りやんでいた。

分厚い雲がゆっくりと割れ、橙色《だいだいいろ》の夕陽《ゆうひ》が差し込む。雨に濡《ぬ》れた公園が夕陽《ゆうひ》を反射して、どこか懐《なつ》かしさを感じさせるやわらかな光景を作り出した。

「きれい……」

楓《かえで》も同じことを思っていたようだ。ストラップを人差し指でちょんちょんと撫《な》でながら、夕《ゆう》陽《ひ》に照らされる公園をじっと見つめる。

「ふたりともすっかり濡《ぬ》れちゃったわね。佐久《さく》間《ま》くん、うちはすぐ近くだから、よかったらシャワーをどうぞ」

「えっ⁉」

思わぬ誘《さそ》いに脳が高速回転する。

冷たい身体を温めるシャワー。

こんこんと浴室のドアをノックする音。

お湯加減はどう？　という声に慌《あわ》てて答える自分。

ばっちりだと答えると、そう、よかった……とバスタオルを巻いた楓《かえで》が入ってきて——

(うん、ぜんぶ間違《まちが》ってる)

何がどうなったら楓《かえで》が乱入してくるのか。あと、シャワーでお湯加減も何もないだろうに。

「ええと……ありがたいですが、今回は遠慮《えんりょ》させていただきます……」

「あら残念」

祖母が楽しげに笑う。けっこういたずら好きな面があるようだ。楓《かえで》がこんな愛らしいいたずらをしてきたら漏《も》れなく悶《もだ》え死《し》ぬ自信がある。なんの自信だ。

「シャワーくらい使ってくれていいのに……」

「それは倫理《りんり》的《てき》にというか情緒的《じょうちょてき》にというか理性的にというかとにかく色々な意味でアウトなんですわかりましたか？」

「え、ええ……？　わ、わかった……」

平坦《へいたん》な声音《こわね》でまくしたてると、楓《かえで》が露骨《ろこつ》にたじろいだ。理性を揺《ゆ》らす言葉を無意識につぶやくのはだめ、ぜったい。

　立ち上がり、ぐっと身体を伸《の》ばす。公園に来てから三十分も経《た》っていないのに、何時間も過ごしていたような気がする。あまりにも濃密《のうみつ》な時間だった。

「佐久間《さくま》くん。なにかお礼がしたい」

「へ？　いいよこれくらい、大したことないから――」

「何でもするから」

「マジデスカ」

　片言になってしまった。浴室での妄想《もうそう》がふたたび湧《わ》きあがり、そのあとどんな行為《こうい》に及《およ》ぶのかをあれやこれやと走馬灯のごとき速度で妄想《もうそう》する。ええい、鎮《しず》まれ煩悩《ぼんのう》。

「……どうしたの？」

　楓《かえで》がこてんと首をかしげる。無自覚エロ、ほんとだめ、ぜったい。

「仲がいいわねぇ」

　祖母がにまにましている。このやりとりを見られるダメージが尋常《じんじょう》でない。

「見つかったのはもちろん嬉《うれ》しいけど、助けてくれたこと自体本当に感謝してるから。本当に、なんでもいいから言ってみて？」

「え、お、おおう……？」

　楓《かえで》がずいっと身を乗り出し、ふんすと鼻を鳴らす。蜜《みつ》を練り込んだ棍棒《こんぼう》でぶん殴《なぐ》られたかのような心地《ここち》。

吹《ふ》っ飛《と》んでいるわけでもなく、なおかつ今までお願いできなかったこと……。

「あー……えっと、れ、連絡先《れんらくさき》、交換《こうかん》してもらえる？」

対《つい》の宝石を思わせる碧眼《へきがん》がぱちくり、ぱちくり。

「……そんなことでいいの？」

「うん。……俺としては、めちゃくちゃ嬉《うれ》しい」

「……ん、わかった」

楓《かえで》がふにっと目を細める。無防備な仕草のひとつひとつの破壊力《はかいりょく》が高すぎる。楓《かえで》はカバンにレインコートをかけていたことに対しても丁寧《ていねい》にお礼を言ってくれた。

スマホを取り出し、トークアプリの連絡先《れんらくさき》を交換《こうかん》する。

（涼原《すずはら》さんの連絡先《れんらくさき》……！）

美鈴《みすず》から「今はまだ早いと思うよー」と言われて何か月経《た》っただろうか。いや、そんなに経《た》ってないんだけども。けれど体感ではそれくらいは経《た》っている気がする。

「（よかったわねぇ）」

と、言わんばかりに祖母がサムズアップしている。中々面白《おもしろ》い人なのかもしれない。

「早く温まらないとふたりとも風邪《かぜ》を引いちゃうわよ。……佐久間《さくま》くん、楓《かえで》を助けてくれてありがとうね」

「あ、いえいえ……」

楓《かえで》が祖母の隣《となり》に立ち、深いお辞儀《じぎ》をする。

「佐久間《さくま》くん……本当にありがとう」

「どういたしまして。風邪《かぜ》引かないようにな」

「うん」

楓《かえで》が濡《ぬ》れた白銀の髪《かみ》の毛先をちょいちょいとつまみ、唇《くちびる》を尖《とが》らせ、たたたっと小走りで伊織《いおり》のもとにやってくる。

「また明日」

「……っ。あ、ああ、また、明日……っ」

視界の隅《すみ》で祖母がくすくすと笑っている。楓《かえで》は小さく手を振《ふ》ると、祖母とともに公園を出た。

ふたりの後ろ姿を見送り、泥《どろ》の乾《かわ》いた手を見つめる。

脳裏《のうり》に浮《う》かぶのは、この公園で見た楓《かえで》の様々な表情。

必死な顔。

泣きそうな顔。

助けを求める顔。

涙目《なみだめ》で嬉《うれ》しそうにする顔。

そして——伊織《いおり》に向けた、やわらかな微笑《ほほえ》み。

心臓が今も高鳴っている。表情のひとつひとつがこんなにも魅力的《みりょくてき》な人がいるなんて。

「……ああ～……あんな顔見たら、もう、もう……あぁぁ～」

あんな顔を見せられたら……惚《ほ》れなおすに決まっている。

楓《かえで》自身が伊織《いおり》のことをどう思っているのかはわからないが、それでもちょっとくらいは近づけたのではないだろうか。

「……今日は打ち上げだな」

いや、何の打ち上げなの？　とひよりにツッコまれる未来が容易に予想できるが、今日くらいは浮《う》かれてもいいだろう。

「くしゅんっ」

スーパーでがっつり買い込むぞ……と気合を入れたとたんにくしゃみをひとつ。

（いったん帰って、ひよりと買い出しに行くか）

プランを急遽変更《きゅうきょへんこう》する。まずは手を洗って、妹に連絡《れんらく》しなければ。事情を話せばきっと喜んでくれるだろう。

人の心に深く踏《ふ》み込《こ》むのは勇気がいる。疎《うと》まれることもあるだろうし、事態を悪化させることもあるだろう。

それでも、迷いながらも踏《ふ》み込《こ》んだ決断は、間違《まちが》っていなかった。

本当に……よかった。

×　×　×

シャワーを浴びた楓《かえで》に、祖母――ソフィアは砂糖とミルクたっぷりのホットコーヒーを淹《い》れた。

「……ブラックでいいのに。子ども扱《あつか》いしないでってば」

バスタオルで髪《かみ》をわしゃわしゃしながら、楓《かえで》がぷくっと頬《ほお》を膨《ふく》らませる。発言も仕草も可愛《かわい》らしい子どもそのものなのだけれど、指摘《してき》すれば拗《す》ねてしまうのでくすくすと笑うだけにとどめた。

「雨に濡《ぬ》れて疲《つか》れてるでしょう？　胃に負担がかからないようにしないと」

「……なるほど。それなら……いただきます」

マグカップを両手で持ち、くぴり。

「ん〜……おいし」

「よかったわ」

上を見てふにっと目を細める孫を見て嬉《うれ》しくなる。楓《かえで》は幼い頃《ころ》から、ソフィアと夫がブラックコーヒーを飲んでいることに憧《あこが》れていた。ちろりと舐《な》めるように飲んでは「うぇー」と唸《うな》り、砂糖をたっぷり入れていた光景を昨日のことのように思い出せる。今ではすっかりブラックがお気に入りになったけれど、今日は小さい頃《ころ》と同じ量の砂糖とミルクを入れた。ブラックが好きになった今でも、同じように美味《おい》しがってくれるのは嬉《うれ》しい。

「それにしても、楓《かえで》ったらひとりでずっとストラップを探してたのね」

楓《かえで》がマグカップで口元を隠《かく》す。恥《は》ずかしくなると口元を隠《かく》すクセは小さい頃《ころ》から変わらない。夫がごつい手でよく照《て》れ隠《かく》しに口元を隠《かく》しているので、きっとうつったのだろう。

「だって……他の人を巻き込んだら、迷惑《めいわく》だし」

「美鈴《みすず》ちゃんには言ったの？」

「言った。最初は手伝ってもらったけど……やっぱりこれ以上手伝ってもらうのは悪いなって」

「そんな遠慮《えんりょ》をするような間柄《あいだがら》じゃないでしょうに」

「う～……わかってる、けど……」

コーヒーを飲んで、ふっと安らいだ笑《え》みを浮《う》かべる。

「それで、あの佐久間《さくま》くんって子が手伝ってくれたのね」

楓《かえで》の頬《ほお》がほんのり赤らむ。

「だって……手伝わなくていいって何度言っても聞かないから……。最後は私にお説教までして手伝ってくれたの」

彼は思った以上に大胆《だいたん》なようだ。それと、楓《かえで》に負けず劣《おと》らずの頑固者《がんこもの》。孫とは案外似た者同士なのかもしれない。

「あらあら。でも、いやじゃなかったんでしょう？」

「うん。……もしストラップが見つからなくても、すごく救われたと思う……ような、気がしないでもない、ような」

どんどん声がすぼまっていく。うんうん、今日も孫が可愛い。

「それにしても、楓が男の子に抱きついて、手を握るなんてねぇ」

「へ？　……あ」

ようやく自分のやったことを自覚したようで、楓の顔がぽひっと赤くなる。

（この顔、あの子にも見せてあげたいけれど……とってもウブみたいだから刺激が強すぎるかしらね）

くすくすと笑いながら、

「ちなみに、もしあの子が提案に乗ってたら、同級生の男子がうちでシャワーを浴びてたんだけど……それについてはどう思う？」

「え、あ、う、えぇ？　あ、あうぅ……っ」

楓が目をぐるぐる回して慌てる。

「ごめんね、からかいすぎたわね」

「楓が外では──家族や、美鈴のように親しい人以外に対しては表情が極めて硬いことは知っている。これまでの歩みを考えればそんなふうになってしまうのも仕方がないと思っていた。

どんな形であれ、幸せになってくれれば、とも。

それが、高校に入学して二ヶ月と経《た》たないうちに、男の子に対してこんなにも豊かな表情を浮《う》かべるようになるなんて。

(佐久間《さくま》くんには感謝しないとね)

見たところ、彼はどこからどう考えても楓《かえで》に惚《ほ》れている。実の孫というひいき目を抜《ぬ》いても、この子は魅力的《みりょくてき》だ。惚《ほ》れるのもわかる。うんうん。

この子と彼が結ばれるのかどうかはわからないし、ましてや結ばれたからといって幸せになれるとは限らない。ソフィア自身でさえ、夫と歩む道はまだまだ半ばなのだ。

それでも、それでも。

愛《いと》しい孫である楓《かえで》と、この子に優《やさ》しい笑《え》みをもたらしてくれた彼が、幸せになりますように。

いまだにあうあうと唸《うな》っている可愛《かわい》らしい孫を見つめながら、ソフィアは静かに願った。

Interlude

「もしもし、美鈴《みすず》？　ごめんね急に」

「大丈夫大丈夫《だいじょうぶだいじょうぶ》～。ストラップ、見つかったんだ？」

美鈴《みすず》の明るい声に緊張《きんちょう》がほぐれる。

「う、うん。なんでわかったの……？」

「だって声が明るくなったもん。学校にいるときはもう見てらんなかったから～」

「……その、ごめんね」

体育座りしている身体をきゅっと丸める。あとは自分で探す、と告げたときの、美鈴《みすず》の複雑な笑《え》みを思い出した。

「大丈夫《だいじょうぶ》だよ。でも……心配したんだぞ～？」

「……っ」

美鈴《みすず》の言葉にはいろんな気持ちが詰《つ》まっている。だから胸に沁《し》みる。目の奥が熱くなる。

「……ありがと。今度からは……ちゃんと頼《たよ》るから」

「お、おお？　……もしかしてなんかあった？」

「えっ」

しまった、決意表明のつもりが完全に藪蛇《やぶへび》だった。

「べ、べべ、べつに……っ？」

「よ〜しビデオ通話に切《き》り替《か》えようではないか。逃《に》がさんぞ〜」

「うぅぅ〜……」

猛烈《もうれつ》に熱くなる顔をぺちぺちと撫《な》でながらも——きっとこのあと、洗いざらい話してしまうんだろうなと思った。それが恥《は》ずかしくもあり、たまらなく嬉《うれ》しくもあった。

エピローグ

楓《かえで》に惚《ほ》れなおした夜のこと。

伊織《いおり》は自室でスマホを睨《にら》んでいた。

（涼原《すずはら》さんの連絡先《れんらくさき》……！）

トークアプリの友達リストに表示されている、『涼原楓《すずはらかえで》』の文字。アイコンは毛並みが白黒のかっこいい大型犬だ。犬も好きなのだろうか。

メッセージを送りたいが、このやりとりで仲を進展させようなどと欲張るのは避《さ》けたい。湊《みなと》からさんざん受けたダメ出しを思い出す。あくまでもさりげなく、何気ない会話を……。

ぷるぷると震《ふる》える指で文字を打ち込み、楓《かえで》にメッセージを送る。

『こんばんは』

『こっちでもよろしく』

『（立ち上がったマンチカンのスタンプ）』

「これでどうだ……⁉」

同じマンチカンでもコタローのほうが可愛《かわい》いが、さすがにコタロースタンプは作っていないので（オファーを受けたら即座《そくざ》に了承《りょうしょう》するが）、とりあえずいつも使っているスタンプを送った。

トーク画面を見つめること十秒、二十秒、三十秒。

そんなにすぐには既読《きどく》にならないか……と思った直後、既読《きどく》の文字がついた。

ベッドから飛び起き、正座でスマホの画面を凝視《ぎょうし》する。受験の結果待ちをしているときを思い出した。

返信が届く。

『うむ』

「……へ？」

思いのほか硬派《こうは》な返事に戸惑《とまど》うも、「まあ続きがあるだろう」と自分に言い聞かせる。

しかし、何十秒待てども続きのメッセージは届かない。

「……終わり？　今ので終わり⁉」

会話を続けられる気がしなかった。スカッシュをプレイしていたら、打った球が生きた壁《かべ》にずぶずぶと飲み込まれたような手応え。

「ままならねえ……！」

スマホを握《にぎ》りしめてベッドをごろごろ転がっていると、

「うるさーい！」

「ごめん！」

隣《となり》の部屋の妹に叱《しか》られ、慌《あわ》てて正座で謝った。

　ストラップが見つかった、翌日の放課後。

　楓《かえで》は職員室に用事があったため、美鈴《みすず》に教室で待ってもらっていた。滞《とどこお》りなく用事を済ませて戻《もど》ると、美鈴《みすず》と伊織《いおり》がふたりで話していた。他の生徒はもういない。

（ふたりで何を……？）

　美鈴《みすず》と伊織《いおり》は、以前も不意に仲良くなっていた。自分が伊織《いおり》と話してもそんな事態には到底《とうてい》ならない。いったいどんな会話をすれば、男子とあんなにも気さくな間柄《あいだがら》になるのか。美鈴《みすず》の並々ならぬコミュニケーション能力はよく知っていたので、興味本位でふたりの会話を盗《ぬす》み聞《ぎ》きする。

「いおりんがストラップを見つけてくれたんでしょ？　いやー、お手柄《てがら》だね！」

「たまたま見つけたんだって。でも、本当によかった」

「ん。……わたしからもお礼を言わせて？　ありがとね」

「いやいや、そんなそんな」

　顔が熱くなる。ふたりとも自分のことを心配してくれていたのだと改めて実感する。

「やー、それにしても、今日の楓《かえで》にはびっくりしたよ～」

（む？）

「どういうこと？」

楓《かえで》が全力で聞き耳を立てる。

「いおりんもわかると思うけどさ、あっきらかに表情筋がよく動くようになったの！　他のクラスメイトと話すときはいつも通りだけどさ、いおりんと話してるときの雰囲気《ふんいき》が昨日までとまるでちがうんだよねー」

「あー、それは……うん、めちゃくちゃわかる」

（そんなばかな）

熱くなった頬《ほお》をむにむにとこねくり回す。無自覚なのに友人には気付かれているなんて恥《は》ずかしいにも程《ほど》がある。

「ねえねえ、いおりんから見て、楓《かえで》ってどんな子なの？」

「え、なんで急にそんなこと……？」

「いいからいいから。どんなふうに見えてるのかなって」

楓《かえで》が鼻息をふんすと荒《あら》らげ、気配を殺しつつもふたりの会話に集中する。

「どんな子、って……えぇと、まず、仏頂面《ぶっちょうづら》で、めんどくさくて……」

（へぇ……？）

廊下《ろうか》の温度が三度ほど下がった。通り過ぎた先生が「？　……??」と腕《うで》をさすりながらきょろきょろと辺りを見回す。

「でも、美鈴《みすず》さん以外の女友達にもいつも囲まれてるし、スポーツも得意だし、猫《ねこ》が好きなのに苦手なのは愛嬌《あいきょう》があるし、おばあちゃんにもらったものを何年も大事にしてるし……」

（へ？）

伊織《いおり》が一気にまくしたてた言葉に、顔がぽっぽと熱くなる。数秒前まで雪原と化していた周囲が花畑に変わるような感覚。

「ふむふむ。つまり？」

「い、いや、つまり、って……」

「楓《かえで》をどう思ってるかを一言で表すと？」

「うぐ……」

伊織《いおり》が顔を真っ赤にして口をぱかっと開き、何か言いかけて閉じ、また開く。

「か、かわ……」

「皮？　スキン？　なんか猟奇的《りょうきてき》だね」

「ち、ちが……」

「ほれほれ、早く言ってみぃやー」

美鈴《みすず》が伊織《いおり》の二《に》の腕《うで》をシャーペンでぐりぐり、ぐりぐり。

楓《かえで》は無意識のうちに、教室の入口から顔をひょっこりと覗《のぞ》かせ、

「か、可愛《かわい》いと思いまする……」

伊織《いおり》が緊張《きんちょう》しすぎて謎《なぞ》の口調になるのを聞いた瞬間《しゅんかん》、思わず噴《ふ》き出《だ》してしまった。

「んなっ⁉　す、涼原《すずはら》さん⁉　いつからそこに⁉」

「ぷっ、けふっ、ごめっ、けほっ、まする……死ぬ……」

「いい度胸してんじゃねぇか……」

伊織《いおり》がこめかみに青筋を浮《う》かべるが、ぜんぜん怖《こわ》くない。男子のことを可愛《かわい》いと思ったのは初めてかもしれない。

「あははは！　いおりんはかわいいねー」

「ちょ、美鈴《みすず》さん、やめろって……」

美鈴《みすず》が楽しげに伊織《いおり》の頭を撫《な》でる。

（……あれ？）

もやっ、と。

胸の奥で、もどかしさに似た何かを感じた。

「よけるなってー。ほれほれ～」

「いや、恥《は》ずかしいん、だって、の……っ！」

「よいではないかよいではないか～」

「カバディのポーズって頭を撫《な》でようとする人がとるもんだっけ？」

美鈴《みすず》と伊織《いおり》がはしゃいでいる。同じようなやりとりは割とよく見るはずだ。見るはずなのに。

（……？）

もやもやは晴れることなく、むしろもっと膨《ふく》らんでくる。

「あれ、楓《かえで》？　どしたの……って、あ〜、なるほどね？」

美鈴《みすず》が目をぱちくりさせたかと思えば、口を「ω」の形にしてにんまりと笑う。

「楓《かえで》はもっとかわいいね〜このこの〜！」

「ちょ、やめ……っ！」

ターゲットが変わり、今度は楓《かえで》が頭をわしゃわしゃされた。しかも両手で。

恥《は》ずかしいからやめてほしいが、美鈴《みすず》の撫《な》でるときの力加減は絶妙《ぜつみょう》で心地《ここち》好《よ》いのでもう少し撫《な》でてほしい。

この矛盾《むじゅん》した感情を解決するため、楓《かえで》は。

「佐久間《さくま》くん、出てってくれる？」

「急にひどくないか!?」

口にした自分でもびっくりするくらい、理不尽《りふじん》な言葉を告げた。

美鈴《みすず》と帰り、自室でくつろぐ。教室での三人のやりとりを思い出して自然と頬《ほお》がゆるんだ。

(そういえば……)

ふと思い出したことがあり、トークアプリを開く。

佐久間伊織《さくまいおり》、と書かれたアカウント。アイコンはやっぱりといえばやっぱりで、マンチカンのコタローだった。きっと妹のひよりも同じようなアイコンなのだろう。

楓《かえで》はクラスメイトの女子ともまだ連絡先《れんらくさき》を交換《こうかん》していない。なので、伊織《いおり》は友人の中ではごく限られた登録者ということになる。

(昨日の返信……色々と雑だったかも)

伊織《いおり》のメッセージに対して、本当は『うん』と返し、あらためてお礼を言うつもりだった。しかし美鈴《みすず》とのトークで打った『うむ』に予測変換《へんかん》された文字をそのまま送ってしまい、それだけで会話をする気がふつりと途切《とぎ》れてしまった。なおかつ伊織《いおり》のマンチカンのスタンプに対しても、心の中で「可愛《かわい》い」とほくほくしただけで何ら反応を返していない。

申し訳ないなぁ、とは思うものの、こちらからメッセージを送ったところで話題が続く気がしない。なので放置を決め込む。今度美鈴《みすず》に相談したほうがいいかもしれないなーなどと思いながら。

もういちど、伊織《いおり》のアカウントを眺《なが》める。

佐久間伊織《さくまいおり》、という名前をじっと見つめたとき、不意に鼓動《こどう》が高鳴った。

「……？」

胸を押さえ、首をかしげる。胸がぽかぽかと温かい。薪《たきぎ》の奥でほんのりと灯《とも》った火に手をかざしているような、やわらかくて、心地《ここち》が好《よ》くて、明日以降が楽しみになるような……そんな感覚。

「………？？」

伊織《いおり》のアカウントをじっと眺《なが》め、ふたたび首をかしげるも——その感情がなんなのか、楓《かえで》にはいまいちわからなかった。

あとがき

初めまして、高橋《たかはし》 徹《とおる》です！

このたびは本作を手に取っていただき、本当にありがとうございます！

唐突《とうとつ》ですがこのあとがきのお品書きを。

①トーク力
②ネコポニー
③今作に乗っけた思い
④謝辞
⑤願い

①西尾維新《にしおいしん》先生の『化物語《ばけものがたり》』を読んだとき、「キャラクター同士がただ話しているだけでこんなに面白《おもしろ》いのか」と衝撃《しょうげき》を受けました。面白《おもしろ》おかしいやりとりを見たあと、そのキャラが登場するだけで「次はどんな絡《から》みを見せてくれるんだー⁉」とワクワクした感覚が忘れられません。

この体験に強く影響《えいきょう》を受けていまして。「一組の男女がよーいドンでおしゃべりする」というシンプルな状況《じょうきょう》で、面白《おもしろ》かったり可愛《かわい》かったりするやりとりが延々と描《えが》けるキャラ作りが最強……という信念のもと、キャラクターのトーク内容について日々考えてもがいてます。

②これは芸人の千原《ちはら》ジュニアさんの造語でして。ご自身のYouTubeで「トラウマほど強烈《きょうれつ》ではないが、自分の行動や生き方に影響《えいきょう》を与《あた》えた経験」と説明されていました。語感のゆるさと着眼点があまりにも好きすぎて。

僕自身もこういう経験はあります。

高校生のとき男友達とご飯を食べていて、彼がパックジュースをストローで飲んでいたんですね。そのとき鼻の下が伸《の》びているのを見て「め、めっちゃ変な顔になってるー！」と衝撃《しょうげき》を受けまして。それ以来、人前でストローを使うときは不思議がられない程度に唇《くちびる》の真正面からずらすようになりました。

感覚的にはあくびと同じで「自分もこんな顔をしてるのか。見られたくない……」という恐《きょ》怖《うふ》が根っこにある感じがします。今は他の人のストロー吸い顔（？）を見てもなんとも思わないんですが、このクセは抜《ぬ》けません。

ちなみに、①で書いた経験はネコポニーよりも強力な感じがします。正の意味ではありますが、あくまで強烈《きょうれつ》さという意味でいえばネコポニー以上トラウマ未満という感じです。

人は誰《だれ》かに与《あた》えられた、ちっちゃな温かみとちっちゃな傷でできてるんだなーと。

③今作を描《えが》くとき、①と②の要素をすごく重視しました。「それなりの過去があったりなかったりする愉快《ゆかい》なキャラクターたちの中で、一組の男女がゆっくりと近付いていく」お話が書きたいなと。

どの作品でもプロットの他にキャラクターの履歴書《りれきしょ》を書いているんですが、今回は準備期間をじっくりとっていたこともあり、主人公の伊織《いおり》とヒロインの楓《かえで》の「過去にこんなことがあったから、今は日々こんなふうに生きてるんだよ」という面をかなり掘《ほ》り下《さ》げました。ふたりの履歴書《りれきしょ》だけで四十ページくらいあります。

④イラスト担当の椎名《しいな》くろ先生、本当にありがとうございます！　キャラクターラフをいただいたときの「うわーーー伊織《いおり》も楓《かえで》もこの感じだーーー」という強烈《きょうれつ》なしっくり感たるや……！　椎名《しいな》先生が描《えが》く伊織《いおり》や楓《かえで》たちをもっと見たい、と切に思いました。

担当の中島《なかじま》さん、いつもお世話になってます。「伊織《いおり》と楓《かえで》の感情の流れを丁寧《ていねい》に描《えが》く」というところでめちゃくちゃ細かいところまで注意を払《はら》っていただいたおかげで、納得《なっとく》のいく作品ができました。ありがとうございます！

⑤この作品を読んでもし「ふーん、やるじゃん」と思った場合（キャラが謎《なぞ》）、感想ツイート

や各所レビューをいただけるとものすごく嬉《うれ》しいです。僕は褒《ほ》められたい（ただの本音）。

Twitterもけっこう長いことやっています（@takahashi_toru_）。覗《のぞ》いてみていただけるとありがたいです。

あとがきはこの辺で。二巻でお会いできることを祈《いの》りつつ。ネタが浮《う》かんで溢《あふ》れまくってるので、書きたくてしょうがないです。

それでは、ここまで読んでいただきありがとうございました！

高橋《たかはし》　徹《とおる》

応援コメントをご紹介

駱駝 電撃文庫『俺を好きなのはお前だけかよ』など

最初に、この物語は至って普通のラブコメディです。主人公が美少女と出会い、少しずつ距離を詰めていく。それだけです。それだけなのですが、そこに個性的すぎるキャラクターが加わることによって、誰も見たことがない複雑怪奇なラブコメディが生まれています。

楓さん、もう少しだけ伊織君に優しくしてあげてもいいんじゃないですかね？

やまさきりゅう ラノベ・アニメYouTuber

いつも冷たい子が、急に笑ったり拗ねた顔をしたら….周りに見せない顔を自分に見せてくれたら…..そりゃ可愛いわ！

やっぱりいつの時代も、可愛い女の子のギャップに抗える男はいなそうですね。

くっ、僕のクラスにも楓ちゃんみたいな銀髪少女がいれば、もっと華々しい青春生活が送れたのに！

ギャップが可愛い女の子が好きな方、純粋なラブコメが読みたい方、是非手に取ってみてはどうでしょうか！

◉高橋　徹著作リスト

「ひだまりで彼女はたまに笑う。」（電撃文庫）

本書に対するご意見、ご感想をお寄せください。

ファンレターあて先
〒102-8177　東京都千代田区富士見2-13-3
電撃文庫編集部
「高橋 徹先生」係
「椎名くろ先生」係

本書は書き下ろしです。

電撃文庫

ひだまりで彼女《かのじょ》はたまに笑《わら》う。

高橋《たかはし》 徹《とおる》

2021年6月10日　初版発行

発行者　青柳昌行
発行　株式会社KADOKAWA
〒102-8177　東京都千代田区富士見2-13-3
0570-002-301（ナビダイヤル）
装丁者　荻窪裕司（META＋MANIERA）
印刷　株式会社暁印刷
製本　株式会社ビルディング・ブックセンター

●お問い合わせ
https://www.kadokawa.co.jp/（「お問い合わせ」へお進みください）
※内容によっては、お答えできない場合があります。
※サポートは日本国内のみとさせていただきます。
※ Japanese text only

※定価はカバーに表示してあります。

ISBN978-4-04-913839-9　C0193　Printed in Japan

電撃文庫　https://dengekibunko.jp/

電撃文庫創刊に際して

文庫は、我が国にとどまらず、世界の書籍の流れのなかで〝小さな巨人〟としての地位を築いてきた。古今東西の名著を、廉価で手に入りやすい形で提供してきたからこそ、人は文庫を自分の師として、また青春の想い出として、語りついできたのである。

その源を、文化的にはドイツのレクラム文庫に求めるにせよ、規模の上でイギリスのペンギンブックスに求めるにせよ、いま文庫は知識人の層の多様化に従って、ますますその意義を大きくしていると言ってよい。

文庫出版の意味するものは、激動の現代のみならず将来にわたって、大きくなることはあっても、小さくなることはないだろう。

「電撃文庫」は、そのように多様化した対象に応え、歴史に耐えうる作品を収録するのはもちろん、新しい世紀を迎えるにあたって、既成の枠をこえる新鮮で強烈なアイ・オープナーたりたい。

その特異さ故に、この存在は、かつて文庫がはじめて出版世界に登場したときと、同じ戸惑いを読書人に与えるかもしれない。

しかし、〈Changing Times,Changing Publishing〉時代は変わって、出版も変わる。時を重ねるなかで、精神の糧として、心の一隅を占めるものとして、次なる文化の担い手の若者たちに確かな評価を得られると信じて、ここに「電撃文庫」を出版する。

1993年6月10日
角川歴彦

電撃文庫DIGEST　6月の新刊

発売日2021年6月10日

86―エイティシックス― Ep.10
―フラグメンタル・ネオテニー―

【著】安里アサト【イラスト】しらび【メカニックデザイン】I-Ⅳ

シンが「アンダーテイカー」となり、恐れられるその前――原作第1巻、共和国の戦場に散ったエイティシックスたちの断片（フラグメンタル）と死神と呼ばれる少年に託された想いをつなぐ特別編！

幼なじみが絶対に負けないラブコメ8

【著】二丸修一　【イラスト】しぐれうい

黒羽たちと誠実に向き合うため、距離を置いて冷静になろうとする末晴。『おさかの』も解消し距離をとる黒羽、末晴の意思を尊重する白草、逆に距離を詰める真理愛と三者三様の戦略で、クリスマス会の舞台が戦場に！

ソードアート・オンライン プログレッシブ8

【著】川原 礫　【イラスト】abec

《秘鍵》奪還、フロアボス討伐、コルロイ家が仕掛けた陰謀の阻止――数々の難題に対し、残された猶予はわずか二日。この高難度クエスト攻略の鍵は《モンスター闘技場》!?　キリトが一世一代の大勝負に打って出る！

七つの魔剣が支配するⅦ

【著】宇野朴人　【イラスト】ミユキルリア

過熱する選挙戦と並行して、いよいよ開幕する決闘リーグ。他チームから徹底的にマークされたオリバーたちは厳しい戦いを強いられる。その一方、迷宮内ではサイラス＝リヴァーモアが不穏な動きを見せており――。

ダークエルフの森となれ3
-現代転生戦争-

【著】水瀬葉月　【イラスト】ニリツ
【メカデザイン】黒銀　【キャラクター原案】コダマ

次々と魔術種を撃破してきたシーナと練介。だが戦いに駆動鉄騎を使用した代償は大きく、輝獣対策局の騎士団に目を付けられることに。呼び出された本部で出会ったのはシーナと天敵の仲であるエルフとその眷属で……？

ユア・フォルマⅡ
電索官エチカと女王の三つ子

【著】菊石まれほ　【イラスト】野崎つばた

再び電索官として歩み出したエチカ。ハロルドとの再会に心を動かす暇もなく、新たな事件が立ちはだかる。RFモデル関係者襲撃事件――被害者の証言から容疑者として浮かび上がったのは、他ならぬ〈相棒〉だった。

ホヅミ先生と茉莉くんと。
Day.2 コミカライズはポンコツ日和

【著】葉月 文　【イラスト】DSマイル

茉莉くんのおかげではじめての重版を経験をすることができたホヅミ。　喜びにひたるホヅミに、担当の双夜から直接合って伝えたいことがあると編集部へ呼び出しがかかり――!?

虚ろなるレガリア
新作 Corpse Reviver

【著】三雲岳斗　【イラスト】深遊

日本という国家の滅びた世界。龍殺しの少年と龍の少女は、日本人最後の生き残りとして、廃墟の街“二十三区”で巡り会う。それは八頭の龍すべてを殺し、新たな“世界の王”を選ぶ戦いの幕開けだった。

僕の愛したジークフリーデ
新作 第1部　光なき騎士の物語

【著】松山 剛　【イラスト】ファルまろ

魔術を求めて旅する少女と、盲目の女性剣士。当初は反目しながらも、やがて心の底に秘める強さと優しさにお互い惹かれていく二人。だが女王による非道な圧政により、過酷過ぎる運命が彼女たちに降りかかり……。

新作 キミの青春、私のキスはいらないの？

【著】うさぎやすぽん　【イラスト】あまな

非リア、ヤリチン、陰キャ、ビッチ。この世には「普通じゃない」ことに苦悩する奴らがいる。だが――それを病気だなんて、いったい誰に決める権利があるんだ？　全ての拗らせ者たちに贈る原点回帰の青春ラブコメ！

新作 ひだまりで彼女はたまに笑う。

【著】高橋 徹　【イラスト】椎名くろ

銀髪碧眼の少女、涼原楓と同じクラスになった佐久間伊織。楓がほとんど感情を表に出さないことに気づいた伊織だが、偶然楓の笑顔を目にしたことで、伊織は心動かされ――。甘くも焦れったい恋の物語が幕を開ける。

空と海に囲まれた町で、
僕と彼女の
恋にまつわる物語が
始まる。
青春ブタ野郎
シリーズ
鴨志田一
イラスト●溝口ケージ
図書館で遭遇した野生のバニーガールは、高校の上級生にして活動休止中の
人気タレント桜島麻衣先輩でした。『さくら荘のペットな彼女』の名コンビが贈る、
フツーな僕らのフシギ系青春ストーリー。
電撃文庫

自分じゃぱんつもはけない。
そんな天才少女の
飼い主になりました。
さくら荘のペットな彼女
鴨志田 一
イラスト 溝口ケージ
学園の変人たちの巣窟さくら荘に転校早々やってきた
椎名ましろは、可愛くて天才的な絵の才能の持ち主。
だけど彼女は生活能力が皆無だった。
彼女の“世話係”に任命された空太の運命は!?
変態と天才と凡人が織り成す青春学園ラブコメ。
電撃文庫

はたらく魔王さま!
Satoshi Wagahara
Illustration ■ Oniku
和ケ原聡司
イラスト■029
魔王城は六畳一間!?

幼なじみが絶対に負けないラブコメ
OSANANAJIMI GA ZETTAI NI MAKENAI LOVE COMEDY
〔著〕二丸修一
SHUICHI NIMARU
〔絵〕しぐれうい
『幼なじみ』
VS
『初恋の少女』
先の読めない
最先端ラブコメ開幕!!
STORY
高校２年生の丸末晴は、幼なじみの少女・志田黒羽からの好意を知りながらも、初恋の相手である可知白草に一途な恋心を抱いていた。だがそんな矢先、白草に彼氏がいることが発覚！
末晴は深い絶望の末、黒羽と手を組んで、男の純情を踏みにじった白草に“最高の復讐”をすることを決意する!!
電撃文庫

〝行商人〟と〝賢狼〟の旅を描いた
剣も魔法も登場しない、経済ファンタジー。
狼と香辛料
支倉凍砂
イラスト／文倉十
行商人ロレンスが旅の途中に出会ったのは、狼の耳と尻尾を有した
美しい娘ホロだった。彼女は、ロレンスに
生まれ故郷のヨイツへの道案内を頼むのだが――。
電撃文庫